Prix ~~...~~
des ~~...~~

Ce roman fait partie de la sélection 2014 du
**Prix du Meilleur Roman
des lecteurs de POINTS!**

D'août 2013 à juin 2014, un jury composé de 40 lecteurs et de 20 libraires recevra à domicile 10 romans récemment publiés par les éditions Points et votera pour élire le meilleur d'entre eux. Le jury sera présidé par l'écrivain Agnès Desarthe.

Une femme fuyant l'annonce, du romancier israélien David Grossman, a remporté le prix en 2013.

Pour tout savoir sur les livres sélectionnés, donner votre avis sur ce livre et partager vos coups de cœur avec d'autres passionnés, rendez-vous sur :

www.prixdumeilleurroman.com

Ann Beattie est née en 1947 à Washington D.C. Elle a fait son entrée sur la scène littéraire dans les années 1970 en publiant certaines de ses nouvelles dans *The Western Humanities Review*, *Ninth Letter*, *The Atlantic Monthly* et *The New Yorker*. *Distortions*, son premier recueil de nouvelles, et *Chilly Scenes of Winter*, son premier roman, sont édités en 1976. Certains de ses textes ont été inclus dans un recueil édité par John Updike intitulé *Meilleures nouvelles américaines du siècle*. En 2000, elle a reçu le prix PEN/Malamud pour sa maîtrise du genre de la nouvelle et, en 2005, le Rea Award for the Short Story. Elle vit entre Key West, en Floride, et Charlottesville, en Virginie, où elle est titulaire de la chaire Edgar Allan Poe de littérature et de *creative writing* à l'université de Virginie.

Ann Beattie

PROMENADES AVEC LES HOMMES

ROMAN

*Traduit de l'anglais (États-Unis)
par Anne Rabinovitch*

Christian Bourgois éditeur

TEXTE INTÉGRAL

TITRE ORIGINAL
Walks with Men
© Ann Beattie, 2010

ISBN 978-2-7578-3461-9
(ISBN 978-2-267-02403-6, 1re publication)

© Christian Bourgois éditeur, 2012, pour la traduction française

En 1980, j'ai rencontré à New York un homme qui a promis de changer ma vie, si je le laissais faire. Le marché était le suivant : il me dirait tout, *absolument tout*, à condition que je ne cite pas mes sources et que personne n'apprenne que nous avions une vraie relation. Au début sa proposition ne parut pas très intéressante, mais j'eus l'intuition qu'il savait quelque chose que j'ignorais sur la façon de penser des hommes – et à l'époque je crus que cette découverte m'éclairerait sur la manière dont je pourrais construire ma vie. J'étais séduite par l'idée que la teneur de notre lien ne serait connue ni à l'université où il enseignait, ni dans l'équipe du magazine dont il faisait partie. Ni de mon petit ami dans le Vermont.

« Vous me donnez des informations, et vous voulez *quoi* en échange ?

— Vous me promettez que personne ne parviendra à remonter jusqu'à moi. J'expliquerai tout ce que vous souhaitez savoir sur les hommes, mais il sera impossible à quiconque de deviner que cela vient de moi.

— Vous pensez que les hommes sont des êtres si spéciaux ?

— C'est une espèce à part. Je la comprends très bien parce que je m'y suis réfugié pour éviter les intempéries, dit-il. Vous êtes intelligente, mais il vous manque les connaissances de base qui vous obligeront à voir la réalité en face.

— Ce n'est pas comme ça qu'on parle aux gens, dis-je.

— Tu t'imagines que je ne le sais pas ? » répliqua-t-il, frottant doucement mon poignet avec son pouce.

Neil était l'écrivain chargé de mettre en perspective les observations que j'avais formulées, au cours de mon entretien avec le *New York Times*, sur les causes de la désillusion de ma génération, mais à la différence de la plupart des interviewés et des commentateurs, nous nous sommes revus. Peu après, il a fait sa proposition, et je n'ai pas dit non. J'étais intéressée. Je n'avais eu que deux relations sérieuses, et aucune liaison.

Nous marchions sous la pluie. Je portais une veste Barbour que Neil m'avait achetée sur Lexington Avenue, dans un magasin situé à deux pas de mon hôtel. Il avait été choqué qu'une personne aussi raffinée que moi n'en possédât pas déjà une. C'était notre deuxième rencontre, et les circonstances n'avaient rien de romantique. Il était venu me chercher à l'hôpital Mount Sinai, où j'avais subi une cœlioscopie. Une intervention mineure : entrée le matin, je ressortais en début d'après-midi ; apparemment, les médecins n'avaient pas prévu que je serais dans les vapes et vomirais sur le trottoir car cela ne faisait pas partie du scénario habituel. (« Une espèce à part. »)

La première fois, Neil et moi nous étions vus lors d'un déjeuner où nous avait conviés la rédactrice en chef de la section Arts and Leisure du *New York Times* (elle avait reçu bon nombre de lettres après la publication de mon interview et du commentaire « en perspective » de Neil). Lorsqu'il avait appris que j'avais le projet de revenir à New York plus tard dans le mois, il avait insisté pour venir me chercher à l'hôpital. Un taxi nous conduisit jusqu'à mon hôtel et nous nous blottîmes épaule contre épaule sur la causeuse, face à la cheminée vide surmontée d'une affichette interdisant formellement de l'utiliser (la direction s'imaginait-elle que, sous le coup de la colère, les clients étaient capables de brûler des lettres d'amour, ou de glisser des bûches dans leurs bagages ?). La tête me tournait et j'avais la migraine ; Neil – qui, je devais bientôt m'en apercevoir, songeait souvent à faire des cadeaux, dans le but d'égayer les gens – se mit à penser tout haut : pendant que j'appellerais ma mère et mon beau-père pour leur annoncer que tout allait bien, il irait m'acheter une écharpe mieux assortie à ma veste. Qu'était donc cette chose laineuse et rêche drapée autour de mon cou ? Un chiffon pour astiquer une voiture ? Et cette chambre d'hôtel était sordide, non ? (« Ne jamais se fier à un hôtel rénové avant au moins une année. ») Ainsi commença mon apprentissage de jeune femme diplômée de Harvard avec mention, attentive aux conseils d'un homme mûr. L'intervention s'était bien passée ; je me portais comme un charme, pourquoi ne pas descendre au bar de l'hôtel pour déguster un verre de vin (on disait « un verre », m'expliquait-il : il n'était pas convenable d'annoncer ce qu'on allait boire), et ensuite il me mettrait au lit et irait m'acheter une écharpe Burberry – durable et d'une élégance discrète ; si la reine s'en contentait, je m'en accommoderais moi aussi – puis nous pourrions nous caler dans le lit et entamer une conversation sérieuse. Si je trouvais les bonnes questions, il promettait de fournir des réponses honnêtes, et… quoi ? Au nom de mon initiation – une cause honorable –, qui m'éviterait de reproduire les erreurs que j'avais commises – et risquais de refaire si *la bonne personne* (Neil) n'intervenait pas, tout serait limpide entre moi (vingt-deux ans à peine) et l'homme de quarante-quatre ans dont je m'étais entichée.

Les italiques procurent un avantage extraordinaire : on voit tout de suite que les mots se bousculent. Quand quelque chose est penché, l'ironie n'est jamais très loin.

À vingt et un ans, ayant réussi mes examens avec mention très honorable, je suis devenue une star du jour au lendemain, à cause d'une interview que j'avais accordée au *New York Times* le jour de la remise des diplômes, et dans laquelle, en présence du président Jimmy Carter, je dénigrais l'enseignement de mon université, l'une des meilleures du pays, et annonçais mon intention d'abandonner mes études et de m'installer dans une ferme du Vermont. Neil, professeur à Barnard, avait été chargé d'élucider la question des griefs de ma génération à l'égard de l'Establishment, et d'écrire un article pour le *Times* où il replaçait mon *angst* dans son contexte en citant Proust, Rilke, Mallarmé et Donald Barthelme. Ensuite – bien que son contrat n'en eût pas fait mention – il avait conclu en me proposant de revenir à la « tradition » avec une facétieuse demande en mariage. Après avoir lu l'article je lui écrivis un mot, disant que je lui ferais bientôt part de ma réponse. Je n'avais pas saisi l'ironie dans l'ironie, et certainement pas le fait qu'il lançait une bulle de pensée hypothétique que j'avais prise pour un zeppelin publicitaire.

Au moment où débuta cette relation, je vivais dans une minuscule ville du Vermont avec un homme du nom de Benjamin Greenblatt, qui avait fait ses études à Juilliard et travaillait dans une exploitation laitière où il accomplissait de multiples tâches, cultivant des légumes et les mettant en conserve, trayant les chèvres pour faire du fromage (pêcheur ; vagabond ; marcheur ; poète à ses heures ; bassiste). Lorsque je fis la connaissance de Neil, cependant, la nouveauté d'une vie à la campagne s'était usée, et j'étais lasse d'essayer d'apprendre à jouer de l'harmonium pour accompagner les chansons dont Ben notait les paroles dans des carnets, sur des serviettes de table ou en sténo au creux de sa paume. Je souffrais depuis un an de maux de ventre qui, selon moi, n'avaient rien de métaphorique, et un médecin de Burlington m'avait finalement adressée (grâce à l'intervention de mon beau-père) à un gynécologue-obstétricien de New York.

Le jour où je rencontrai Neil, je venais presque de signer avec une agente littéraire qui m'avait contactée après la parution de l'article du *Times*, et je devais, après le déjeuner, me rendre dans le studio d'un photographe situé dans le Gulf & Western Building, près de Columbus Circle. Le courant passa aussitôt entre Neil et moi, et la présence de la chef de rubrique cet après-midi se révéla aussi agaçante qu'une serviette de cocktail trempée. Je partis pour ma séance de photos (l'agente souhaitait que je dispose de bons portraits de moi ; le fait qu'elle ne m'ait demandé aucun échantillon de ma prose ne me vint pas à l'esprit), puis j'allai rejoindre Neil à l'endroit qu'il avait noté à l'intérieur de la pochette d'allumettes : Grand Central. Rien de précis, juste « G. Central ». Il n'avait indiqué aucune heure de rendez-vous. Je supposai qu'il savait combien de temps durerait la séance. Lorsque j'en eus terminé, je pris le métro (grâce aux précieuses indications du photographe) et je pénétrai dans la gare. Je passai en revue l'espace gigantesque, et décidai de me poster devant l'accueil, lieu de rencontre le plus prévisible. Il s'approcha enfin de moi, souriant, avec à la main un sachet contenant deux *cupcakes* au chocolat. La clé de la chambre d'hôtel était déjà dans sa poche.

J'étais jeune, et je n'étais pas habituée à me montrer cachottière avec mes amies. Plus tard dans la même semaine, plusieurs d'entre elles se joignirent à nous pour le café (je mentis à Ben, lui disant que j'avais besoin de me reposer en ville avant le voyage du retour). Pendant ces quelques journées chaotiques, mon amie Ruby nous retrouva dans un magasin où Neil cherchait de vieux albums de jazz, ensuite nous allâmes tous les trois nous asseoir sur un banc de Washington Square pour boire des Cocas. Christa (que j'avais connue à l'école primaire et qui travaillait pour une société de courtage dans la ville) nous accompagna jusqu'à la galerie de Mary Boone et regarda les tableaux. Par la suite, lorsque je commençai à sortir avec Neil, je découvris que la journaliste qui avait déjeuné avec nous l'avait appelé le lendemain, disant qu'il lui restait une place pour le spectacle de Spalding Gray.

« Ton amie X m'a appelé au bureau pour me proposer de prendre un verre avec elle, me dit-il un jour. Que dois-je lui répondre ? »

Il m'éduquait même quand il ne s'y employait pas.

Échoués comme des millions d'autres sur l'île de Manhattan, deux êtres égotistes s'étaient trouvés. Une hypothèse raisonnable. Cela se passait en 1980. Le président Jimmy Carter « commettait l'adultère dans son cœur », ne libérait pas les otages retenus en Iran, et tout le monde était perturbé. Les années soixante-dix s'immobilisaient tel un engrenage qui s'enraye. Quand les conversations ne portaient pas sur le nombre de jours de détention des otages, les gens parlaient d'argent. Être privé du droit de vote était à peu près aussi prestigieux que payer ses courses en espèces. Bon Temps Rouler n'existait pas alors – ou plutôt si, mais ce n'était pas encore le nom d'un restaurant de Lower Manhattan.

Pour m'empêcher de m'apitoyer sur mon sort après la cœlioscopie, il prétendit que seul mon orgueil était blessé. « Bon, tu as deux petites marques sur le corps. Toutes les femmes ont les oreilles percées, mais ton nombril a subi une incision et tu as une petite cicatrice juste au-dessus des poils pubiens. » Son doigt en frôla l'extrémité. « Ne te comporte jamais comme si c'étaient des défauts. *Elles font partie de toi.* Elles indiquent à ceux qui ont la chance de les apercevoir que tu as été l'objet de certaines explorations. » Il aimait étirer les mots, les parodiant à cause du nombre de leurs syllabes : ex-plo-ra-tions. « Quelqu'un t'a examinée avec le regard que les Lilliputiens ont posé sur Gulliver. Ces traces sont les minuscules empreintes de pas qui restent. »

Aussi : « Évite le baume démêlant. L'électricité est sexy. Quand tes cheveux retombent en avant, ils se tendent vers moi. Je sais alors qu'une partie de toi veut quelque chose. »

« Explique-moi, dis-je. Un type rencontre une fille, ils boivent un verre ou deux, ou peut-être seulement un café, il lui tient la main tandis qu'elle longe le trottoir et, une fois arrivés au bout, il resserre son étreinte pour qu'elle puisse descendre sur la chaussée… Il l'a galamment escortée, mais le lendemain il ne l'appelle pas. Ni ce jour-là ni un autre. Pourquoi ?

— Imaginons qu'elle ne marche pas sur un trottoir, mais sur une planche. À la fin, il *voudrait* la voir marcher dans les airs, n'est-ce pas ? Ce sentiment d'urgence doit vibrer dans tes entrailles. Si quelqu'un s'avance sur une planche, le seul dénouement satisfaisant consiste à le voir plonger dans le vide, et il n'est pas nécessaire d'avoir une escorte pour cela. Aucun homme n'a envie de jouer le rôle de maître des cérémonies au bras de Miss Amérique. Écoute : si tu te lances sur cette voie, ton heure est venue. L'autre personne éprouve le frisson vertigineux d'être à tes côtés jusqu'à la seconde où elle ne contrôle plus rien. C'est sexuel. Compris ? »

Le soir, dans la vie vermontoise dont je m'éloignais, Ben Greenblatt lisait Kafka et Borges, calé sur son fauteuil Morris aux bras en forme de pattes de félin, acheté dix dollars dans une vente aux enchères. Aucun de nous deux n'avait un vrai travail. Il annotait ses précieux ouvrages. Quand je me décidais à y jeter un coup d'œil, je ne voyais aucun signe de ponctuation : ni points d'exclamation ni points d'interrogation. « Le savions-nous déjà » sans point d'interrogation est pourtant une question, je suppose. Mais « Laisse prévoir une catastrophe » sans point d'exclamation semblait bizarrement décevant.

La mère de Ben avait travaillé dans une banque ; son père, mort quand il avait douze ans, avait été le vice-président de cette même banque. Ben avait une sœur, Johnlene, un prénom composé de ceux de ses parents, John et Arlene. Ben n'avait pas de deuxième prénom. Son père et sa mère, se sentant dûment représentés par leur aînée, n'avaient pas fait preuve d'imagination pour le cadet. Peu après notre rupture, Ben devint « Goodness », bonté divine. Lorsque le couple qui l'employait mourut, il hérita d'une vingtaine d'hectares de terrain en échange des tâches accomplies, ainsi qu'on le lui avait promis. Le fils se débarrassa immédiatement des chèvres, vendit l'autre moitié des terres à un promoteur qui fit construire des maisons de ville à façade blanche dont l'étrange forme évoquait des dents requérant un traitement d'orthodontie, deux courts de tennis en terre battue et une piscine chauffée. Sur l'autre versant de la colline, qui lui cachait ce spectacle, Ben rénova l'ancien poulailler et créa un studio de yoga qui fut baptisé ensuite avec une bouteille de cidre bio brandie par la photographe Pattie Boyd. L'endroit devint le célèbre Goodness Studio où les musiciens venaient faire la posture du chien tête en bas et la salutation au soleil : quelques exercices d'étirement après désintoxication et avant la tournée de retrouvailles. Bob Dylan en personne apparut une fois pendant une séance de l'après-midi, ouvrit la porte, regarda les visages ahuris, retira son chapeau qu'il lança à travers le studio comme un frisbee, puis s'exclama : « Là où il n'y a pas de chiens, la vie n'a pas de sens », avant de remonter dans sa Jeep et de redémarrer.

Tous ces événements eurent lieu l'année qui suivit mon départ. J'en fus informée par le facteur, qui resta en contact avec moi.

« Ben, lui dis-je (après Grand Central, après l'hôpital et l'hôtel), je sais que tu vas avoir de la peine à y croire, mais j'ai rencontré un homme à New York. Il représente tout ce que nous détestons : c'est un professeur au ton professoral ; il écrit pour la presse traditionnelle. Mais je suis tombée amoureuse. »

Il me fixa longtemps avant de répondre. Puis il dit : « Pense à la tête que je ferai s'il te demande de déménager en banlieue. »

Au printemps, un livre que Neil avait écrit, *Prometheus in California : The Rise of the Executive Counterculture*, lui permit d'échapper à son poste de professeur à temps plein à Barnard. Sous un nom d'emprunt, il ouvrit aussi une rubrique courrier du cœur dans un magazine féminin, avec un groupe de prétendus experts qui comprenait le coiffeur d'une société de travestisme, le propriétaire d'un club de jazz et un vétérinaire de SoHo dépendant à la Ritaline (son ancien camarade de chambre à Harvard). Ils le faisaient en échange de dîners dans la pointe sud de Manhattan qui passaient sur les notes de frais de Neil, et prenaient un malin plaisir à arriver au restaurant avec des réponses toutes faites, alors qu'ils ignoraient quelles questions seraient posées dans la prochaine rubrique. (Il apportait quelques lettres et notait leur avis. Plus tard dans la soirée, il téléphonait à sa jeune nièce et la priait d'actualiser leur réaction avec les expressions branchées les plus récentes.) Grâce à quelques changements mineurs, les réponses fonctionnaient souvent. Je trouvais les allusions littéraires amusantes, les plaisanteries pour initiés très drôles. Il travaillait à son second livre, un roman – bien que son agente (*la mienne*) l'ait encouragé à écrire encore un essai ; c'était la raison pour laquelle il se réfugiait à SoHo dans une pièce inoccupée du cabinet du vétérinaire, parfois interrompu dans sa concentration par une urgence nocturne. Une fois, il avait dû aider son ami Tyler à plaquer un limier sur le sol (à défaut de la table d'examen) après que l'animal avait fouillé le sac poubelle d'un restaurant contenant le marc de café de la semaine. Un autre soir il avait dû annoncer la mauvaise nouvelle au propriétaire d'un furet : l'animal avait saigné à mort à cause de la morsure d'un rat qui était entré par la fenêtre. (Tyler était défoncé, il avait toujours eu la phobie des furets et se croyait incapable d'exprimer une peine à peu près décente.)

Moi ? Je faisais des recherches sur les oiseaux du sud du pays à la New York Public Library. (Neil m'en avait priée. Cela devint un sujet de plaisanterie récurrent : comment suggérer à quelqu'un d'aller à la bibliothèque pour étudier les oiseaux ?) J'avais aussi fouillé les archives pour savoir comment on fabriquait la gnôle, surtout dans les prisons (une recherche encore plus inavouable). J'avais commencé à travailler comme préparatrice de copie pour l'éditeur de Neil, quand j'avais la chance d'être sollicitée, et j'étais inscrite à un cours du soir de NYU sur la composition d'essai. Je poursuivais mes recherches, rédigeais mes devoirs, et j'allais souvent au cinéma avec des amies. Certaines ne saisissaient pas pourquoi je croyais que Neil écrivait toutes les nuits jusqu'à l'aube. (Parce qu'il revenait chez moi. Nous couchions ensemble au petit matin. Il me disait que les écrivains consacraient leurs nuits à l'écriture.)

Il me racontait d'autres choses que je croyais : à savoir que deux personnes pouvaient accomplir un acte et affirmer ensuite que « ce n'est jamais arrivé », et que c'était la vérité ; que se procurer les meilleures marques ou faire ses courses dans des petites boutiques d'occasion était la seule manière d'acquérir des objets – toute demi-mesure était mesquine et bourgeoise ; seuls les imbéciles achetaient une voiture au lieu d'en louer une ; le jus d'orange matinal devait se siroter dans les verres à vin en cristal et la grappa était meilleure bue au goulot ; Tourgueniev était un plus grand écrivain que Dostoïevski ; l'usage d'un point d'exclamation était interchangeable avec le fait de manger et de baver ; Irma Franklin était une meilleure chanteuse qu'Aretha. Acheter un chien de pure race était une faute morale.

Tout cela est transparent, n'est-ce pas ; comprenez que j'étais trop naïve, même si on tient compte de mon jeune âge. Pendant les années quatre-vingt, les femmes n'avaient plus à subir la tyrannie masculine. Aucune d'elles n'était tenue de se plier à l'emploi du temps d'un homme. Mon comportement dénotait la paresse, il était dégradant. Pourtant je ne me livrai pas à l'introspection ; je ne posai pas assez de questions. Je fis preuve de passivité en voulant croire que tout ce que je faisais pour Neil était motivé par une prévenance charmante et démodée. Plus embarrassant encore, le fait que je lui permettais de subvenir à mes besoins et que je croyais devenir une essayiste de premier plan. (*Dans cette culture ?* dirait Neil).

Il suffit de réfléchir une seconde pour deviner ce qui s'est passé ensuite, car les clichés sont bien souvent le lot des vaniteux.

J'emménageai avec Neil. Nous habitions au troisième étage d'une brownstone[1] de Chelsea – il aimait ce quartier qui n'était pas huppé en ce temps-là, où les propriétaires de commerces étaient polis et âpres au travail, aimables et souriants quand ils accueillaient les clients avec quelques formules apprises par cœur (« Merci beaucoup », disait la patronne du pressing ; « Ne revenez pas trop tôt », lançait la blanchisseuse) et chaque pâté de maisons avait un caractère bien particulier.

Parmi les gens qui partageaient notre immeuble, il y avait un mannequin en ménage avec un journaliste du *Village Voice* ; Raymond, un psychologue qui recevait ici sa clientèle ; et le fils du propriétaire, âgé de quarante ans, Etch-a-Sketch, l'ardoise magique – ainsi que Raymond et moi l'avions surnommé.

---

1. Bâtiment de grès brun. (*N.d.T.*)

Au chômage, il s'asseyait souvent lui aussi sur les marches du perron, tapotant des touches sur une boîte en plastique avec un écran gris pâle où il créait des images.

Une froide journée de juin, je me mis en route pour le centre de la ville, ma besace de pêcheur remplie de stylos et de blocs-notes suspendue à l'épaule, chaussée de mes Keds rouges toutes neuves, vêtue de mon uniforme, un jean, un petit pull en cachemire et, par-dessus, une des vestes amples de Neil, fatiguée à souhait.

Je découvris, assise sur les marches, une femme habillée avec goût qui n'était manifestement ni une clocharde, ni l'une des cinglés qu'on avait libérés de prison. Qui pouvait-elle bien être pour avoir ouvert notre portillon et s'être installée sur notre perron ?

La femme de Neil, me dit-elle en deux mots.

« Vous n'en aviez pas idée ? demanda-t-elle. Il est si doué que ça pour me cacher ? »

Je ne sais plus ce que j'ai répondu. Je me suis assise quelques marches plus haut et j'ai laissé mon regard errer dans les arbres. Le séminaire épiscopal se dressait de l'autre côté de la rue. Je l'ai aussi regardé.

« Nous suivons une thérapie de couple, expliqua-t-elle, mais il m'est venu à l'esprit aujourd'hui qu'il voulait vous épouser – bien qu'il m'ait maintes fois assuré le contraire –, alors j'ai pensé que, pour une fois dans ma vie, j'essaierais d'agir comme il faut. Je me suis dit que je tenterais de vous mettre en garde. Au cas où vous seriez disposée à m'écouter. »

Je pris appui sur la rampe pour me relever et je

descendis les marches, vacillante, pour m'asseoir près d'elle. Un paquet de cigarettes était posé entre nous. Je le fixai. Cela aurait pu aussi bien être mon cœur.

« Il m'a dit que j'étais l'exception. Qu'il ne croyait pas au mariage, dis-je.

— C'est aussi ce qu'il m'a affirmé. Et comme nous le voyons toutes les deux, c'est apparemment faux.

— Depuis quand…

— Onze ans, répondit-elle. J'ai vécu quelque temps avec lui avant notre mariage. »

Je me souvins de cette phrase de Neil : « On prétend que les femmes sont aussi rosses que les chats, mais les hommes sont des toutous : ils se promènent avec leur os en silence, jusqu'au moment où ils décident de l'enfouir. »

« Je connais votre existence depuis des mois. J'aurais dû vous contacter plus tôt. Je suis une de ces épouses qui font une thérapie et laissent leurs maris "résoudre leurs problèmes" pendant ce temps. Il m'a dit que sa liaison avec vous nous rapprocherait. Vraiment ! Et que depuis le début nous aurions pu être plus proches, si j'avais été disposée à m'ouvrir à lui. Vous vous êtes aperçue qu'il aime donner des conseils ? De cette manière il peut vous dire son avis et n'a pas à se remettre en question. Vous savez ce que j'ai fait un jour ? Je ne l'ai jamais dit à personne. Il avait une angine, j'ai jeté ses antibiotiques dans les toilettes et j'ai rempli le flacon avec des comprimés de kaopectate, des antidiarrhéiques pour chiens. Une partie de moi le hait sincèrement.

— Je vous le laisse, dis-je.

— J'ai envisagé de chercher votre numéro de téléphone pour vous mettre en garde, mais en réalité je voulais vous rencontrer. Vous êtes jolie. Le contraire m'aurait surprise. Moi aussi je suis jolie. Voilà où on en est. »

Elle prit une cigarette, me tendit le paquet, haussa les épaules quand je refusai, prit une pochette d'allumettes dans le petit sac à ses pieds, en frotta une, approcha la flamme qu'elle observa un instant en louchant, avant de l'éteindre et d'inhaler. « J'ai le même sac que vous, observa-t-elle en exhalant la fumée. C'est le seul qui soit pratique, n'est-ce pas ? Le sac idéal.

— Vous êtes mariés depuis combien de temps, avez-vous dit ?

— Nous n'avons pas d'enfants, pour répondre à la question suivante, enchaîna-t-elle. Onze ans.

— J'aurais dû le savoir.

— En effet. Vous avez vraiment pensé qu'il travaillait tout le temps ?

— Mes amies avaient des doutes.

— Les miennes le détestent, mais malgré cela beaucoup d'entre elles rêvent de coucher avec lui.

— Mes amies aussi. Elles lui téléphonent. Elles flirtent avec lui.

— Ensuite il vous demande ce qu'il doit faire avec elles, je me trompe ? Pour que vous sachiez combien il est loyal, et faire en sorte que vous sachiez à quel point elles sont indignes de confiance. »

Nous gardâmes le silence un bon moment. Puis je demandai :

« Vous vous appelez comment ?

— Lisa. Bien sûr, je suis une femme si avisée que j'ai gardé mon nom de jeune fille : Lisa Pauline Haley. Et vous êtes Jane Jay Costner. *La* Jane Jay Costner. J'imagine que Jay était le nom de jeune fille de votre mère. Vous venez peut-être du sud du pays, bien que vous n'ayez pas d'accent.

— Vous avez raison, si vous considérez que Washington est au sud.

— Je ne serais pas la première à remarquer le nombre de femmes écrivains qui portent trois noms, n'est-ce pas ? reprit Lisa.

— Jane Austen. George Eliot. »

Un écureuil escalada un arbre. Un garçon qui promenait un beagle tira sur la laisse d'un coup sec, puis s'arrêta pour observer l'animal.

Je continuai : « Eudora Welty. Mavis Gallant. » Je me concentrai comme si ma vie en dépendait. « Flannery O'Connor. Alice Munro.

— Me voici donc assise sur les marches d'une brownstone de Chelsea, mon mariage terminé, et vous ne voulez plus de lui non plus. On dirait que ce n'est pas son jour, hein ? Mais il n'y a aucune étincelle entre nous. Je me trompe ? Je m'étais dit que, dans le cas contraire, je vous aurais invitée à prendre un café.

— C'est peut-être de la jalousie, mais je ne me sens pas vraiment attirée par vous, répliquai-je.

— J'ai quelques bonnes amies, dit-elle. C'est sans importance. »

Elle tira une bouffée de sa cigarette. Une célèbre

actrice descendit les marches de l'immeuble voisin, s'apprêtant à passer la matinée à lire *Variety* et l'*International Herald Tribune* à l'Empire Diner. L'un des serveurs m'avait confié qu'elle apportait son propre sachet de thé et demandait de l'eau chaude, qu'ils lui fournissaient gratuitement. Les petites pattes de son chien ne touchaient jamais le trottoir. On racontait qu'elle avait été l'amante de Marcello Mastroianni. Elle disait quelquefois bonjour, mais pas aujourd'hui. Elle tourna à gauche en direction de la Dixième avenue.

« J'imagine ce que doit coûter le loyer ici, reprit Lisa. Il vous oblige à payer votre part ? »

Je secouai la tête en signe de dénégation.

« Il a hérité d'une maison en dehors de San Francisco quand son grand-père est mort. Tous les problèmes juridiques que cela impliquait, pourtant il n'en a jamais parlé. Je vous dis à qui il la loue ? Vous n'êtes pas curieuse ? Eh bien, il peut certainement se permettre ce geste généreux. » Elle laissa tomber son mégot sur la marche et l'écrasa sous son talon. Une petite volute de fumée s'éleva sous ses orteils et se dissipa.

« Où habitez-vous ? demandai-je.

— Quatre-vingt-huitième rue est, au coin de la Deuxième avenue. Lorsque nous nous sommes mariés, nous avons vécu dans un deux pièces, puis l'appartement d'à côté a été mis en vente. Nous avons emprunté pour l'acheter, nous avons fait abattre le mur mitoyen. Nous avons supprimé la seconde cuisine. Sa collection de verres de Murano y est exposée sur des étagères transparentes, avec un éclairage encastré. Ses premières éditions de livres de poésie sont rangées au-dessous.

— Il est riche ?

— Avant la mort d'Edgar il avait moins d'argent qu'aujourd'hui, répondit-elle. C'était… il y a environ cinq ans ? Je comptais prendre un café avec vous, et ensuite aller voir mon avocat au nord de la ville. Le métro n'est pas exactement pratique pour venir à Chelsea. J'ai pris un taxi. Je vais essayer d'obtenir le maximum d'argent de Neil. Il déteste déjà les femmes, alors qu'est-ce que ça peut bien faire ? Vous le savez, n'est-ce pas ? Il hait les femmes.

— Je suppose, dis-je.

— Je ne vous comprends pas vraiment, observa-t-elle. Vous êtes sous le choc, ou bien vous êtes une personne très discrète ?

— Je suis sous le choc, probablement.

— Je pense que moi aussi j'aurais pu ne me douter de rien, mais nous sommes mariés. Par ailleurs, il a tellement besoin d'être découvert. Il ne nous trompe pas toutes les deux avec une autre femme en vous parlant d'*elle*, n'est-ce pas ? » Elle joignit les mains. « Je plaisante. Ah, vous êtes vraiment *jolie* », déclara-t-elle en se levant. Elle ramassa son paquet de cigarettes et son sac. « Plus jeune que moi. Intelligente. J'ai lu cette interview de vous. Vous donnez des interviews à présent ? Vous avez brillé avec éclat pendant une semaine, et puis vous avez disparu.

— Vous détestez les femmes, vous aussi ? répondis-je. C'est une remarque très méchante.

— Plus je vieillis, moins j'aime les gens, dit-elle.

Bien sûr, j'ai toutes les raisons de vous détester, vous qui êtes la maîtresse de mon mari. »

Je tournai mon regard vers les cimes des arbres. Le ciel était pur. Dans un livre pour enfants, un petit nuage dansait dans l'azur et devenait un sujet de conversation et d'émerveillement. Quand elle s'éloigna, un homme que je ne connaissais pas descendit les marches, quelques perrons plus loin, puis tourna pour se diriger d'un pas rapide vers la Neuvième avenue. Je le suivis du regard comme il la rattrapait, et je la vis tressaillir. Elle avait cru que Neil arrivait derrière elle, j'en aurais mis ma main au feu. Mais c'était seulement un grand type pressé avec un attaché-case.

Il est juste de supposer que je ne l'ai pas quitté tout simplement. Si je l'avais fait, il n'y aurait guère matière à écrire une histoire. Non que je sois restée pour cette raison. Je l'ai fait à cause d'une défaillance personnelle. Je n'ai pas cru un mot de ses remords. Ses larmes ne m'ont pas émue et je lui ai dit qu'il me mentait alors même qu'il prétendait avoir été sur le point de tout me révéler. J'acceptai le verre qu'il me tendit uniquement pour observer : « Ce n'est pas un verre, c'est du vin », et je le jetai à travers la pièce. Je le priai d'aller dormir chez Tyler avec le reste des animaux, ou de retourner chez sa femme. Je soulignai qu'il n'avait pas beaucoup d'amis à appeler, pour leur demander s'ils pouvaient l'accueillir. Tyler n'était-il pas son seul ami ? Et un vrai loser par-dessus le marché ? Neil refusa de bouger, aussi je fourrai quelques affaires dans mon sac – des Kleenex, une pince à épiler, une petite boîte de pastilles à la menthe – et je descendis sonner chez le psychologue. Il était absent, mais Etch-a-Sketch était là, et fut assez galant pour m'offrir son canapé. Je fus soulagée, quoique surprise, que Neil ne vînt pas cogner à la porte.

Mais il n'aurait jamais fait une chose pareille, n'est-ce pas ? Être *prévisible*, ça n'a rien de glorieux. C'était mal, d'être *prévisible*. Descendre à l'étage du dessous, supplier. C'était bon pour les sitcoms, ça n'arrivait pas dans la vraie vie.

Etch était en train de faire une réussite en buvant de l'Orangina. Il tira une couverture d'un sac à fermeture éclair, glissa un coussin de fauteuil dans une taie d'oreiller. Il replia la couverture en deux et cala l'extrémité sous la housse du canapé. Il marmonna, l'air préoccupé, que tout le monde traversait de mauvaises passes. Il m'offrit un cachet de Tylenol. J'acceptai seulement le verre d'eau glacée. Il s'assura que tout allait bien ; demain serait un autre jour, ce n'était pas si grave. Puis, sachant qu'il parlait tout seul, il prit une chaise tandis que je m'appuyais au dossier du canapé, assise sur la couverture. Il me raconta qu'il était allé à Washington D.C. des années auparavant, pour manifester contre la guerre au Vietnam, et que le type qui se trouvait à côté de lui – avec lequel il avait voyagé dans le bus, mangé un sandwich quelques instants plus tôt – avait fait un pas en arrière pour s'inonder d'essence et s'immoler par le feu. Il cacha ses sanglots derrière ses poings, puis s'essuya les yeux, me souhaita bonne nuit et dit qu'il y avait des œufs dans le réfrigérateur, si je me levais avant lui. Quand il partit dans sa chambre et referma la porte derrière lui, je regardai le fouillis sur la table basse. Il avait un Gumby bleu et lisait la *Paris Review*. Je continuai de penser à Etch-a-Sketch. Je l'avais mésestimé, j'avais apporté le malheur dans sa vie, tout était ma faute.

Mes sentiments à son égard ne faisaient qu'un avec ce que j'éprouvais pour Neil.

« *Parler*, dit Neil. Quand ai-je dit que *parler* résolvait quoi que ce soit ? C'est un procédé de politiciens pour noyer le poisson. Cela peut se révéler assez utile pour les prêtres qui essaient de coincer les enfants de chœur. Ou pour apprendre son nom à un chien. *Parler ?* C'est ce qui ne va pas dans les relations : on nous a forcés à croire que la communication passe par la parole.

— Et que proposes-tu ? Mimer le regret ?

— Cela vaut mieux que les mots, répondit-il en tombant à genoux. Si je reste cloué au sol dans cette position jusqu'à ce que tu me supplies de me relever, tu auras au moins la satisfaction de savoir que j'ai souffert.

— N'essaie pas de retourner la situation pour me donner le mauvais rôle. Ce n'est pas moi qui me fiche de la souffrance de l'autre. Je veux que tu débarrasses cet appartement de tes affaires. Tu peux te traîner à genoux comme un mendiant indien pendant que tu les rassembles. Je ne serai plus là pour le voir. »

Il resta là où il était et baissa la tête. Je pris mon sac et mon manteau et je m'en allai, laissant l'écharpe comme un mouchoir sale.

J'obtins une clé de l'appartement de mon amie Janelle. À l'exception du mercredi, où son frère en avait besoin pour coucher avec le livreur de vin qui fournissait le restaurant d'à côté, je profitais de l'endroit jusqu'au retour de mon amie après le travail. J'entendais des cris de passion chez les voisins pendant presque tout l'après-midi. J'étais émerveillée par l'endurance des amants, jusqu'au jour où je finis par comprendre qu'une prostituée habitait là. Devant la porte (qui comportait deux judas) était posé un paillasson qui représentait un père Noël radieux avec son renne, agitant sa main gantée de noir du haut de son traîneau orné d'une longue banderole où se lisaient les mots « Bonnes fêtes ». Noël était passé depuis des mois. Il n'y avait jamais personne dans l'appartement le soir. J'essayai d'être une bonne invitée et je changeai l'eau du vase. (J'achetai aussi les fleurs.) Je passai l'aspirateur. L'espace était si exigu qu'il n'y avait pas grand-chose à faire. Je m'allongeais sur le canapé-lit (recouvert d'un tapis oriental pendant la journée, mon sac de couchage rangé dessous), je pleurais, je regardais la télé, j'étudiais les mots croisés du dimanche que Jan avait déjà faits, j'ajoutais une réponse qu'elle n'avait pas trouvée, si je la connaissais, et à la fin de l'après-midi je songeais sérieusement à trouver un emploi. J'achetais mon propre papier toilette et mes Kleenex. Quand elle rentrait je m'étais douchée, j'avais mis de l'anticerne, brossé mes cheveux et ouvert le journal à une autre page que celle des offres d'emploi : la page des sorties de films. J'ai toujours adoré le cinéma. Jan m'a supportée environ deux semaines, puis elle a prétendu que son frère avait besoin plus souvent de l'appartement.

Elle tint à m'accompagner à Chelsea ; elle me protégerait si Neil n'avait pas vidé les lieux. Tout était resté en place – avais-je réellement envisagé le contraire ? – mais il y avait une enveloppe pour moi en haut de l'escalier. Elle contenait dix billets de cent dollars, et un mot avec un numéro de téléphone : « Si tu n'as pas changé d'avis, demande au déménageur de déposer mes affaires à l'Armée du Salut. Je suis chez Tyler. Je t'aime. »

« Il essaie de te donner le mauvais rôle, dit Jan. Salaud de manipulateur. Pourquoi n'organises-tu pas une soirée intitulée Salut, connard ? Tu n'as qu'à empiler son bordel dans un coin et lui dire que tu as fait une fête à la place.

— J'ai déjà accepté trop d'argent de sa part. J'ai commis l'erreur de ne pas gagner ma vie.

— Ah, je vois. Tu ne mérites aucune compensation pour avoir été son assistante de recherches et t'être tapé tout le ménage. C'est tout à fait logique.

— Je m'étais persuadée que cela ne posait pas de problème.

— Je dirais que, s'il peut assumer les frais de deux appartements et glisser mille dollars dans une enveloppe, ce n'est pas un souci majeur pour lui.

— Y a-t-il des ouvertures là où tu travailles ? Ou bien crois-tu que je devrais parler à son éditeur et voir s'ils ont quelque chose pour moi ? Je vais finir serveuse. J'en suis sûre.

— On est à New York. Les serveuses deviennent tout le temps célèbres.

— Cite-m'en une seule.

— Voyons voir… Jessica Lange. Du Lion's Head, elle a atterri directement dans le poing de King Kong, et le reste fait partie de la légende.

— Il y a des postes à pourvoir dans ta boîte ?

— Si la question est sérieuse, je ne crois pas. »

J'allai m'asseoir dans le fauteuil de Neil. « Bien, je suis une imbécile, je m'apitoie sur mon sort, et si je l'ai cru alors que c'est un crétin, c'est ma faute. Mais maintenant il faut que je m'en aille d'ici et je ne vais pas pouvoir payer un loyer si je n'ai pas de boulot.

— Alors cherches-en un. Tu es allée à l'université. Tu es très intelligente ! Tu es jolie ! On va trouver une solution. Pour l'instant j'ai très faim – j'insiste pour qu'il nous invite à dîner – et ce dont tu as besoin, c'est qu'on te prouve que tout n'est pas impossible. Il me sera plus facile de t'encourager si j'ai bu deux verres de vin. Allons chez Claire. Marvin nous servira des amuse-gueules et nous expliquera les trucs dingues qui se passent dans la cuisine. Tu pourrais lui demander s'il a besoin d'une serveuse. Je suis sûre que non, mais il aura peut-être une idée.

— Tu penses qu'il m'engagerait ?

— Arrête avec ton numéro mélo, s'exclama Jan. C'est insultant pour les serveuses.

— Je n'ai pas de mépris pour ces femmes. Je veux devenir serveuse.

— Commandons une bouteille de chardonnay et discutons sérieusement de la rupture avec Neil, asséna-t-elle. Je parie que cet égotiste attend à l'autre bout de la ville en se tapotant les doigts, absolument certain que tu vas te pointer à SoHo. »

Ce que je fis, un peu soûle, vers deux heures du matin.

L'immeuble du vétérinaire, dans Greene Street, était illuminé comme pour saluer mon arrivée. À la seconde où Neil ouvrit la porte, je sentis le chagrin qui planait dans l'air. Il me frappa tel un vent glacé. Le malheur des gens – pas le sien, ni le mien. La bande-son, trop forte, était composée par Philip Glass, une musique qui, de prime abord, n'avait rien de rassurant. L'odeur de désinfectant m'obligea à plisser les yeux.

Quand Neil ouvrit la porte, une femme vêtue d'une robe du soir souillée de sang sanglotait dans la salle d'attente, un homme plus âgé lui caressait la main, tenant en laisse une labrador beige qui gémissait. Je me ruai dans ses bras, un imperméable jeté sur ma chemise de nuit, et aux pieds des escarpins que j'avais pris pour des chaussures à talons plats dans l'obscurité du placard. Si j'avais rebroussé chemin pour me changer, jamais je ne serais ressortie. Je savais que je devais poursuivre sans m'arrêter chez Raymond ni chez Etch, franchir la porte d'entrée, descendre les marches de devant, sauter dans le premier taxi.

« Je sais, je sais, je sais, je sais », chuchota Neil, glissant sa main derrière ma nuque et me berçant d'un côté et de l'autre, son front contre le mien. Les gens détournèrent les yeux. La labrador, qui avait suivi la scène, tira sa laisse jusqu'au bout, s'accroupit et urina.

Trois mois plus tard, après un divorce rapide, nous nous mariâmes à City Hall. Je portais un fourreau de soie bleu marine et une petite étole blanche. Il avait mis un costume anthracite, une chemise claire, et glissé dans sa poche non pas un triangle de foulard, mais un morceau de papier artisanal fabriqué en Italie, sur lequel il avait écrit en minuscules pattes de mouche *Je t'aime*, cent fois exactement. Sur ma plante de pied, il avait écrit (pendant que je riais comme une folle) *Elle m'aime*.

Avant la noce, Neil et moi rompîmes à la suite de l'apparition de sa femme, pour nous remettre ensemble, nous séparer de nouveau, nous retrouver, décider de nous marier et de mettre au point un contrat de mariage : chaque année où il ne me tromperait pas, et inversement, et où je n'aurais aucune raison de demander le divorce pour ce motif, je recevrais quarante mille dollars le 30 décembre, en plus du règlement de toutes nos dépenses courantes. Si je divorçais pour incompatibilité, ce qu'il acceptait de ne pas contester (clause imposée par mon avocat), que je l'aie trompé ou pas, je n'aurais droit à aucune pension, mais je conserverais tous mes biens, y compris les voitures, les bijoux et autres cadeaux, et je toucherais une somme unique de cinquante mille dollars. S'il me trompait, j'aurais les mêmes voitures, bijoux et autres cadeaux et, en un seul versement, cinquante pour cent de sa valeur nette, dont il paierait les impôts (clause imposée par mon avocat). Ce contrat serait « réexaminé » au bout de cinq ans, cependant aucune somme ne pourrait être revue à la baisse et l'inflation devrait être prise en compte. J'acceptai de ne pas avoir d'enfants. Il avait subi une vasectomie. Pour notre mariage, nous achetâmes des brassées de fleurs chez notre épicier coréen préféré et bûmes du Prosecco une fois rentrés à la maison. Mon amie Christa confectionna un gâteau sans étages (embarrassant) avec des framboises fraîches qui roulaient comme des billes sur le grand plat rond. Carl West, mon beau-père, prit l'avion pour assister à la réception qui eut lieu le soir, mais ma mère – surprise – avait été trop soûle pour faire le voyage. L'oncle et la nièce de Neil – celle qu'il consultait souvent par téléphone pour sa rubrique – étaient venus de Port Washington, en compagnie des Perry, qui n'avaient pas été invités. Jan n'était pas là, bien qu'elle eût promis d'être présente. Au lieu de cela, une lettre FedEx me parvint le lendemain, me disant que j'étais une idiote dénuée de tout instinct de conservation. Pendant le week-end il y eut une réception en Pennsylvanie, dans la maison de l'oncle de Neil, qui avait sa propre piste d'atterrissage, un stand de tir en sous-sol et une armée d'énormes types se promenant avec des talkie-walkies, paraissant très amusés à l'idée de faire partie du milieu du cinéma. Ils ne buvaient pas de champagne, mais du whisky, et échangeaient des coups de poing dans les biceps, en s'appelant « producteur ».

Jan me fit bien comprendre qu'à son avis je vivais avec le diable. Nous convînmes de ne pas parler de Neil, mais les premières semaines il revenait sans cesse dans nos conversations et je cessai de l'appeler. Elle pensait que la mort de la labrador beige chez le vétérinaire la nuit où Neil et moi nous étions retrouvés présageait des malheurs à venir, et c'en était trop.

Neil était gentil avec moi. J'avais accepté de revenir à condition qu'il s'engage à mettre un terme à mon « apprentissage ». S'il recommençait à dispenser ses sages conseils, je sortais de la pièce. Il renonça à écrire dans le cabinet de Tyler à SoHo et loua un autre endroit dans un Bed & Breakfast clandestin, vers la Trentième rue est. Il engagea un étudiant en master au City College de New York comme assistant de recherches. Son nouveau livre eut un énorme succès. Son éditeur donna une réception sur le toit de son appartement, avec un guitariste classique et du Veuve Clicquot à volonté (servi dans des flûtes en verre, pas en plastique). Viva était là, Eddie Fisher aussi.

Woody Allen vint, mais fit demi-tour dans l'entrée de l'immeuble et repartit (d'après le portier). David Fegin, notre écrivain du *Village Voice*, se joignit à nous bien qu'il eût quitté l'immeuble ; sa compagne mannequin avait épousé un Arabe. Fegin arriva avec Harold Brodkey, qui insista pour qu'ils repartent presque tout de suite, à cause du bruit.

La chance me sourit au moment précis où Neil publiait son nouveau livre. Mon agente téléphona, disant qu'on me proposait un emploi de consultante scénario sur un tournage de documentaire sur les fugueurs à New York, qui s'intitulait *Chaff*. Au bout du compte, le réalisateur fut si satisfait de mon travail qu'il me chargea de tout reprendre depuis le début et de réécrire entièrement le commentaire sonore. J'allai à Times Square, je réussis à entrer en contact avec quelques personnes des programmes de réhabilitation et de prévention des drogues (bien que ce ne fût pas officiellement autorisé – David Fegin m'apporta son aide). Je parlai à des psychiatres, je traînai dans Washington Square Park. Avenue A, je dénichai une source anonyme de renseignements qui m'éclaira sur certains des récits que j'avais entendus. L'année suivante le film reçut l'Oscar du meilleur documentaire, et mon nom fut le premier mot qui sortit de la bouche du réalisateur quand il accourut sur scène. Si vous avez entendu parler de moi, c'est sans doute pour cette raison – peu de gens se souviennent de l'interview du *New York Times* à laquelle j'avais répondu avec sincérité, persuadée d'être la première personne à révéler l'ennui du monde universitaire :

à l'époque, je croyais que chacune de mes opinions comptait.

« Le pardon, dit Neil, étirant les syllabes. Qu'est-ce que ça signifie, le pardon ? Que la vie est un livre de contes, où une reine apparaît, assise sur son trône avec un sceptre, prête à pardonner du bout des lèvres son humble serviteur – ce petit homme courbé, l'autre personnage de l'illustration – qui s'est pris les pieds dans le tapis ?

— L'humble serviteur trébuche peut-être parce qu'il est nerveux à l'idée qu'elle sache qu'il a trompé sa femme ? »

Nous ne nous « prenions pas la tête ». Allant boire « un verre » à Gramercy Park. Nous demandant si nous avions envie de vivre à nouveau ensemble.

Les yeux du chauffeur de taxi étincelèrent dans le rétroviseur.

« Nous allons en faire un livre animé », dit Neil en baissant la voix comme les fois où il parlait tout seul, *sotto voce*. Il voulait donner l'impression que son imagination était si puissante qu'il se perdait lui-même quand il se mettait à avancer des hypothèses. « La reine se lève d'un bond. Elle agite son sceptre, mais aucune étoile ne jaillit. Toutes les étoiles se sont desséchées, comme l'encre d'un stylo. Oh non ! Que lui arrive-t-il ? Elle a perdu sa magie.

— Peut-être qu'elle n'en a plus besoin. Peut-être qu'elle peut juste lui demander de partir.

— Nous en avons déjà discuté, dit-il en m'étreignant la main. Tu n'as pas envie que je m'en aille. Tu es préoccupée par ce que les gens pensent... même si tu ne les connais pas. Icare tombe, et ils ne lèvent pas les yeux. »

Le chauffeur ne freina pas pour franchir un nid-de-poule. Mes dents vibrèrent. Neil lâcha mes doigts, essayant de se stabiliser en plaquant la paume contre la cloison de séparation. Je venais d'entrevoir à nouveau les yeux de l'homme dans le rétroviseur, et la lueur de dédain dans son sourire.

À Washington Square, un homme au fort accent se dressait sur une caisse en plastique renversée, d'où pendillaient des légumes, tel un gigantesque cordon ombilical. « Soixante-six personnes retenues en otage. Six six six est l'emblème du diable. Ce sont les compatriotes du démon Carter, enlevés à l'intérieur même de l'ambassade américaine, et ils ne sont ni protégés ni délivrés parce que le démon Carter veut qu'ils restent prisonniers. Braves gens, unissez-vous ! Maintenant chacun sait que Carter est le diable ! »

« Où sont les frères Maysles quand nous avons besoin d'eux, demanda Neil, tirant sur ma manche. Allons, le démon protestataire va bientôt faire passer son chapeau. Ou ses cornes. Peut-être commence-t-il à avoir des cornes qu'il retourne pour que nous y déposions de l'argent.

— Je n'ai rien compris à ce qu'il racontait.

— Tu t'es dit que si tu restais plus longtemps son discours deviendrait plus clair ? *Je t'aime.* »

Les marins apprennent à fixer l'horizon pour éviter le mal de mer. Si vous êtes enclavé à New York, fixez le bord de trottoir le plus éloigné qui, d'une certaine manière, est la ligne d'horizon.

Carl West, mon beau-père, téléphona pour annoncer que, pendant l'été, il ferait une croisière en Alaska avec ma mère. Il n'avait pas vu *Five Easy Pieces*, et ne saisit pas l'allusion lorsque j'imitai la voix profonde de l'auto-stoppeuse qui dit à Jack Nicholson : « J'ai vu une photo. L'Alaska, c'est très propre. » Puis, de façon inattendue, il m'invita à me joindre à eux. « On ne te voit pas beaucoup. Un voyage serait peut-être l'occasion de passer du temps ensemble. Juste tous les trois, ajouta-t-il aussitôt.

— Vous n'invitez pas Neil ?

— Ta mère a pensé que nous trois…

— Elle n'approuve pas Neil à cause de son âge. Et parce qu'il est divorcé. Qu'elle soit elle-même divorcée est bien sûr hors sujet. Et si je ne t'approuvais pas parce que tu ne te rases jamais de près ?

— C'est vrai ? »

L'Alaska !

Deux ans après notre séparation, Ben Greenblatt apparut dans l'entrée de la brownstone de Chelsea avec une pile de prospectus signalant l'ouverture prochaine d'un centre de méditation à Yorkville.

« Encore du yoga à New York ? C'est un peu comme si on annonçait aux Moscovites l'inauguration d'une patinoire en Sibérie, non ? » observa Etch.

Le crâne de Ben s'était largement dégarni ; il avait à présent une queue-de-cheval et des lunettes. Une photographie du Dalaï-lama était reproduite sur le devant de son T-shirt. Le tissu flottait sur Ben, fripant les joues du chef spirituel tibétain. Un emblème Yin Yang décorait la manche. Il portait d'épaisses chaussettes blanches aux orteils sales et aux talons râpés, des sandales Birkenstock et un pantalon en coton noir retenu à la taille par un cordon. Il était en grande conversation avec Etch.

« Je ne sais pas, vieux, j'ai des ennuis quand je ramasse des pubs de restaurants chinois et pourtant les locataires aiment commander des plats chinois », disait Etch lorsque je pénétrai dans le couloir.

Ben me vit arriver derrière Etch. J'allais sûrement être descendue en flamme dans la brownstone où j'habitais. Il leva la main qui tenait les prospectus et dit seulement : « Je savais que tu habitais là. Je ne vais pas m'obstiner à parler d'illumination spirituelle, ni de quoi que ce soit qui pourrait causer de la peine. *Namaste.* J'apporte un message d'amitié destiné à deux individus qui ont été heureux ensemble et qui ont eu le privilège de se fréquenter longtemps.

— Putain de merde, il te connaît ? » (Etch pensait à part lui : *Valerie Solanas*[1].)

---

1. Féministe américaine qui a tenté de tuer Andy Warhol. (*N.d.T.*)

La table de l'entrée, où on déposait le courrier et les prospectus, était vide excepté un obélisque en marbre. Ben y déposa avec soin sa pile de brochures. « Une surprise, j'en suis sûr, dit-il. Je rendais visite à un ami. Un séminariste. De l'autre côté de la rue. Un jour, je t'ai vue derrière le portillon. Je ne veux de mal à personne », ajouta-t-il, percevant la peur de Etch.

Je réussis enfin à préciser : « C'était mon petit ami.

— Ouah ! Les hommes que tu choisis, marmonna Etch, battant aussitôt en retraite dans son appartement.

— Oh, Ben, dis-je.

— Je ne savais pas comment m'y prendre. J'ai parlé à Rama et il m'a répondu que bien sûr je devais te saluer et te présenter mes vœux. C'est quand nous portons en nous de mauvais sentiments que nous nous en trouvons diminués. Je crois me rappeler que ce type de questionnement ne t'intéressait pas ? Je me demande cependant si, en souvenir du bon vieux temps, nous pourrions passer quelques moments ensemble pour évoquer et honorer notre passé ?

— Viens chez moi, Ben. Je vais te préparer du thé, dis-je. Je regrette de ne pas l'avoir proposé. C'est plutôt…

— Goodness », rectifia-t-il en souriant.

Il me fallut quelques secondes pour comprendre que c'était le nom qu'il portait à présent.

« Goodness ? répétai-je.

— Allons boire quelque chose à l'Empire Diner, reprit-il. Les gens comme moi ne font pas vœu de pauvreté. Je serai heureux de t'offrir une tasse de thé, ou... »

Etch ouvrit sa porte, puis la referma aussitôt.

« Mon ami est un peu nerveux », dis-je. Je faillis articuler tout bas « le Vietnam », mais je m'en abstins. Nous sortîmes de l'immeuble. Après avoir descendu les marches et franchi le portillon, nous atteignîmes le trottoir.

« Tu as encore la ferme ? demandai-je.

— J'ai vendu le terrain à un agriculteur bio du Dakota du Sud, sa femme et ses deux filles, répondit-il. Mes amis Amah et Rowinda. Les noms des enfants ne sont pas définitifs.

— Mais que...

— Ce qui devait arriver est arrivé. Les chèvres sont parties dans d'autres fermes, et le destin d'Amah était de se marier et de vivre de la terre.

— Je pense que je ne vais pas réussir à avoir une conversation avec toi si tu continues sur ce ton.

— J'ai transcendé la colère.

— Je sais, mais tu dois te rappeler de quelle façon tu t'exprimais avant. Pour communiquer, on pourrait peut-être parler comme ça ?

— Tu vois bien que mes mains ne contiennent aucune réponse », dit-il, montrant ses paumes.

À l'Empire Diner, nous prîmes place dans un box. La célèbre actrice parlait à un homme vêtu d'une cape noire. Je crus un instant que c'était un prêtre, puis j'aperçus ses bottes de motocycliste et changeai d'avis.

« Que désirez-vous ? demanda le serveur.

— Un thé glacé, s'il vous plaît, dis-je.

— Deux, précisa Goodness.

— Merci de ne pas avoir ajouté que tu voulais du citron doré béni par les rayons du soleil », me moquai-je.

Il fronça les sourcils, mais retroussa les lèvres en même temps. « Prends en compte la réalité des autres, dit-il doucement.

— Tu ne vas pas m'expliquer ce que tu as fait, pourquoi tu es à New York, ce que la ferme est devenue ? »

Il loucha derrière ses lunettes. « Je ne peux pas imaginer que ça t'intéresse, dit-il.

— Ta voix est aussi plus haute d'une octave.

— Je ne mange plus de viande.

— Tu me fais marcher. »

Il secoua la tête. « Non. Non, renoncer à la viande élève non seulement l'esprit, mais aussi la voix.

— Tu régresses, répondis-je. Tu étais meilleur quand tu m'accusais de m'en ficher.

— Voilà, deux thés et… » Le serveur se pencha pour s'emparer du sucrier sur le comptoir et le posa joliment entre nous. « … autre chose ? Avant l'énorme pourboire que vous allez me laisser, bien entendu. » Il rit de sa propre plaisanterie. Il m'avait déjà servie, mais nous n'avions pas encore vraiment fait connaissance. Je pensai que la présence de Goodness risquait de reporter quelque peu cette échéance.

« Je vous remercie d'avoir apporté cette rondelle de citron bénie par les rayons du soleil », déclara Goodness.

Le serveur se retourna vers notre table. « C'est une allusion à quelque chose ? » demanda-t-il.

« Neil, lançai-je en direction de la salle de bains. Tu te souviens de Ben, mon petit ami du Vermont ?

— Je ne l'ai jamais rencontré.

— Non. Mais il est en ville à présent. Il est passé avec des brochures sur un centre de méditation qu'il ouvre avec quelqu'un d'autre, une femme.

— Il t'a déclaré son amour éternel ? Attends ! C'est lui qui t'a écrit cette lettre et dit que tu étais une casse-couilles, hein ?

— Oui.

— Et ?

— Eh bien, c'était juste bizarre de le revoir. Il a dit qu'il m'avait aperçue une fois où il passait dans cette rue. Je pensais qu'il laisserait tomber son numéro Peace and Love, et il a failli lâcher, mais ensuite c'est devenu de nouveau ingérable. On est allés à l'Empire. Tous les garçons laissent entendre qu'ils veulent de gros pourboires et prétendent qu'ils font de l'ironie.

— Je l'ai remarqué. »

Neil sortit de la salle de bains, une serviette nouée à la taille, un zeste de mousse à raser près de l'oreille. « Le nouveau pommeau de douche n'a pas de débit moyen, dit-il. Mais je veux bien être pendu si je le dévisse pour en poser un autre. Tu me mets en condition ? Ton chevrier veut que tu reviennes ?

— Pas du tout. » Je remontai la fermeture éclair

de ma robe sans recourir à son aide. « Un gourou l'habite comme un ver solitaire et excrète du Peace and Love. Ils font ça, tu sais. Les vers solitaires chient.

— Fini les sushis, répliqua-t-il, ouvrant la porte de la penderie.

— Tu t'es mis dans la tête l'idée que j'étais plus désirable que je ne le suis en réalité.

— Il a suffi que tu battes des cils pour que Etch porte tes sacs de provisions et repeigne la cuisine.

— Il était peintre en bâtiment. Il ne veut pas se mettre à la retraite. Il est fêlé, c'est tout.

— Il ne m'aime pas.

— Eh bien oui, il n'est pas fou de toi. Mais de toute manière tu préfères l'attention des femmes.

— Ouais, répondit-il en ajustant sa cravate. Que veux-tu que je fasse avec Sharon Stillerman, qui m'appelle au bureau pour connaître mon avis sur notre BMW de location ? Elle ne pouvait pas te le demander à toi ?

— Elle a peut-être pensé que tu me dirais qu'elle avait téléphoné pour me fragiliser.

— Sharon aime flirter.

— Oui, mais elle ne veut rien.

— Vraiment ? Et si je la rappelle pour lui demander si elle a envie d'essayer la voiture, ça ne te pose pas de problème ?

— Si tu préfères rester à la maison et faire l'amour, tu n'as qu'à le dire.

— Comment ?

— C'est un jeu auquel tu joues pour gonfler ton ego. Si tu dois avoir une liaison avec Sharon, ses grandes dents de devant et ses paupières fripées, je n'y peux rien.

— Enfile ton manteau. C'est *avant* que tu aies bu un verre ?

— Parfaitement : femme honnête en garce », assurai-je en m'exécutant.

Quelquefois je n'avais pas envie de me lever et je chuchotais à l'oreille de Neil, parce qu'il chuchotait lui aussi :

« Dans l'au-delà il y a seulement des crayons, pas de stylos. Et chaque crayon a une gomme. »

En écartant mes lèvres de son oreille, je voyais que cela le faisait vraiment sourire. Il savait que je me moquais de lui à cause de ses épigrammes, mais quand même : c'était dimanche matin, nous avions dormi tard, et je l'amusais.

« Les nuages sont des poèmes, et les poèmes les plus émouvants s'attardent si longtemps sur le tableau noir, écrits en lettres cursives si jolies qu'ils existent aussi à l'intérieur de nos doigts. Nous ne les effaçons jamais vraiment à la fin de la leçon.

— Tu possèdes un talent pervers pour cela, dit-il.

— Picasso prenait les bébés et les tenait devant la caméra comme un bouclier humain. On aurait pu le croire fou, sauf que c'était Picasso, et bien sûr quelqu'un regardait à travers l'objectif d'un appareil photo.

— Je ne comprends pas.

— Si tu es célèbre, le monde te suit. Il te suffit de faire attention à ne pas démettre une épaule.

— C'était son fils.

— Il jouait aussi avec les enfants de Gerald et de Sara Murphy. »

Neil se retourna : « Pense à toutes les choses que je t'ai enseignées », dit-il.

Il m'apprit à méditer sur le monde comme si je le contemplais du point de vue d'un personnage dans un tableau de Hopper. Peut-être le colley. Une fois il me donna un pic à glace, posa un glaçon sur la planche à pain et, devant moi, une photographie de la sculpture du Bernin, *Apollon et Daphné*. Il m'apprit ce qu'était la synesthésie et m'offrit un merveilleux parfum italien fabriqué avec de la verveine citronnelle qui, me dit-il, était empreint de tristesse. Avant de le rencontrer, j'ignorais ce qu'était l'osso bucco et je n'aurais jamais associé le fait de manger de la moelle à une expérience religieuse. Il avait aussi raison concernant les lampes de poche. (J'adorais le bouquet de torches disposées dans un vase, orientées vers le plafond quand nous faisions l'amour. Les ombres que nous projetions au-dessus de nos têtes.)

« J'ai fait du bon boulot, dit-il.

— Oui, mais tu as fait de moi un être à part, et à présent je suis isolée, sauf avec toi. Il n'y a personne à qui je puisse parler de ces choses et de ce qu'elles signifient. »

Observe les enfants, pour te souvenir comment on joue.

Si tu rapportes chez toi les restes d'un repas au restaurant, ne dis pas que c'est pour « le chien ». Dis que tu as besoin des os pour « un ami qui pratique des autopsies ».

La Saint-Valentin est destinée aux gogos. Achète de la *vraie* dentelle, et trouve quelque chose d'autre à faire avec.

Ne porte jamais un T-shirt avec le nom de l'endroit où tu es.

Les asperges sont le meilleur légume, mais ne taille jamais les queues ; les gens enlèvent le gras du steak, non ?

Esther Evarts était en réalité Sally Benson – déniche d'anciens numéros du *New Yorker* et lis-la.

Regarde la Côte d'Azur, regarde Matisse, et regarde de nouveau la Côte d'Azur.

Je l'appris par le journal télévisé à peine une semaine après avoir revu Ben. Un homme avait été poussé sous un train qui entrait dans la station de Union Square. Une femme noire avec un turban racontait au reporter que, lorsqu'elle avait compris ce qui allait se passer, elle avait tenté de retenir l'agresseur en plantant dans ses côtes la pointe de son parapluie. « Vous avez juste quelques secondes pour essayer d'empêcher quelque chose, vous voyez-c'que-je-veux-dire ? » Un jeune homme répétait « Vous-voyez-c'que-je-veux-dire ? » Il était avec la femme – son fils ? Un ami ? Elle avait son parapluie à la main et disait que, si l'incident s'était produit le soir, elle aurait eu sa bombe. « On n'a que quelques secondes, vous-voyez-c'que-je-veux-dire ? » répétait le garçon. À l'arrière-plan un homme s'agitait, dessinant un cœur avec ses mains et articulant le nom de quelqu'un. Une autre caméra l'élimina, s'orientant sur la femme et le jeune homme à partir d'un angle latéral.

C'était Goodness, Ben, qu'on avait poussé sous le train. Une vieille photographie que je reconnus pour l'avoir vue sur son passeport apparut sur l'écran. Devant Gracie Mansion, le maire disait que de tels actes étaient inadmissibles. On enverrait plus de policiers dans le métro. Le mort était « un humanitariste qui offrait sa bonté à beaucoup de gens et qui était venu à New York dans l'espoir d'améliorer la qualité de nos vies ». Une femme qui pleurait dans la foule fut identifiée comme l'une des secrétaires du maire. Elle avait pris des cours de yoga avec Goodness. La photo de passeport avait disparu de l'écran, et on passa une séquence où Ben (Goodness), coiffé d'un chapeau de cotillon, soufflait une bougie. Je réussis tout juste à repérer le haut du crâne du Dalaï-lama sur son T-shirt. La vidéo amateur tremblotante s'acheva. Le maire répondit à la question d'un journaliste en disant qu'on augmenterait le nombre de policiers dans le métro. Quelqu'un lui avait pris le coude et il se détourna. J'aperçus la secrétaire qui pleurait à la lisière de l'écran.

Je m'efforçai de respirer normalement, comme vous le conseillent les anesthésistes quand ils plaquent une tasse en plastique sur votre nez. J'avais presque senti des mains invisibles planer autour de ma tête. Le journal continuait. Le propriétaire d'une épicerie portoricaine avait été arrêté parce qu'il vendait des substances inscrites au tableau cachées à la base de cierges.

J'allai dans la salle de bains, je fis couler l'eau dans le lavabo pour m'asperger le visage, mais j'eus un geste maladroit et elle ruissela sur mes bras. Je baissai le couvercle des toilettes et m'assis. Le choc aurait-il été plus grand si nous ne nous étions pas revus, ou bien était-il moindre parce que je l'avais rencontré ? Du moins je savais qu'il habitait à New York. Mais où à New York ? Près du studio de méditation ? Près de Union Square ?

Poussé sous un train. La personne qui avait donné des noms à ses chèvres, fabriqué du fromage, planté des herbes aromatiques. Un homme si gentil que les gens qui l'avaient engagé lui avaient légué la moitié de leur propriété à leur mort. J'étais partie à New York et je m'étais entichée du premier venu. Comment cela avait-il pu arriver ? Qu'étaient devenus les objets que j'avais laissés dans le Vermont ? J'avais oublié le titre du livre que je lisais quand j'étais partie.

Je réfléchis à tout cela, n'appelai pas Neil, mais cherchai le numéro de l'un des médecins que j'avais interviewés quand je rédigeais le commentaire de *Chaff*. Un psychiatre légiste à qui j'avais parlé dans son bureau de Park Avenue. J'avais gardé sa carte. Je conservais toutes les cartes dans une grande boîte. Quelques jours plus tôt, Neil l'avait fouillée pour trouver le nom du plombier. Ben avait-il vécu dans le quartier, près de l'arrêt de Union Square ? Avait-il une relation sentimentale avec la secrétaire du maire ? Quel était mon problème… je m'imaginais que seul l'amour comptait ? Quel genre de vie amoureuse croyais-je mener ? Je me rappelai que les contacts médicaux étaient tous regroupés avec un élastique autour. Puis je me souvins de son nom, et je me rendis compte que je pouvais appeler les renseignements. Cette idée me rendit euphorique, puis me découragea. Comment allais-je expliquer la raison de mon appel ? Quel livre étais-je en train de lire avant de quitter Ben, dans le Vermont… un texte qui me passionnait… un essai ? Frustrée d'avoir interrompu ma lecture, j'avais envisagé d'acheter un autre exemplaire de l'ouvrage, mais je ne l'avais jamais fait. Du moins je ne m'en souvenais pas. Il y avait aussi eu un pull vert.

J'étais retournée dans l'appartement avec Jan, où j'avais trouvé l'enveloppe contenant l'argent et le message indiquant qu'il était chez Tyler. La somme m'avait paru extravagante à l'époque. Tout aurait pu être différent, si j'avais écouté mon amie. Au dîner, elle avait évoqué avec une telle conviction ma rupture avec Neil. Elle était persuadée que j'étais capable de trouver du travail. De réussir dans n'importe quel domaine, ou presque. Elle m'avait fait promettre d'appeler le déménageur dès le lendemain. J'avais fait le tour de l'appartement, je m'étais couchée, puis relevée, j'avais chaussé mes escarpins, enfilé un imperméable sur ma chemise de nuit, et pris un taxi pour SoHo.

C'était là que je commencerais avec le psychiatre. J'expliquerais qui était Neil. Que j'avais quitté Ben. Bien sûr, je lui rappellerais d'abord qui j'étais.

Au lieu de cela, je téléphonai à Jan et j'eus son

répondeur. Je dis : « Tu avais raison. J'ai commis une grosse erreur dans la manière dont j'ai géré ma séparation avec Ben, et j'ai rendu fou un homme bien, j'en suis certaine. J'ai promis de rester toujours auprès de lui, et il a été écrasé par un train. C'était lui. Je sais que tu l'as vu aux informations. Jan, je regrette de ne pas avoir été plus gentille, de t'avoir mise dans une situation où tu devais me conseiller, et puis de t'avoir laissé tomber. Je suis restée trop longtemps chez toi, je le sais. Neil ne m'a jamais blessée, tu t'es trompée à ce sujet. Il est capable de vous rendre folle, mais il n'y a pas une once de violence en lui, contrairement à certains maniaques. J'ai été vraiment fâchée que tu ne viennes pas à la réception après notre mariage, mais tu agissais de la manière qui te semblait juste, je le sais. Bon. Salut. »

L'écran de la télé était sombre, pourtant je n'avais pas le souvenir de l'avoir éteinte. La télécommande avait disparu depuis des jours. J'étais sûre de l'avoir emportée avec les draps que j'avais déposés à la blanchisserie. Je devais aller jusqu'au coin de la rue, reprendre mon paquet en espérant la retrouver avec. Je choisis de téléphoner au docteur Fendall, et je laissai un message sur son répondeur. À peine avais-je raccroché que le téléphone sonnait déjà.

« Madame Costner ? Docteur Fendall. J'ai senti à votre voix que vous étiez bouleversée. Vous sentez-vous capable de venir à mon cabinet si j'envoie un taxi à votre adresse ?

— Euh, je crois, oui, dis-je. Je n'ai rien de prévu pour l'instant.

— Parfait. Vous habitez toujours dans la Vingtième rue ouest ? Je vais vous mettre en attente le temps d'appeler un taxi, et ensuite nous pourrons continuer à parler.

— Je suis un peu secouée. Un homme avec qui j'ai vécu a sauté sous un train aujourd'hui. Non, il n'a pas sauté, on l'a poussé.

— Je vous mets en attente quelques minutes », dit le docteur Fendall. Muzak commença à jouer *Raindrops Keep Fallin' on My Head*. Cela me ramena à la pluie, à la promenade avec Neil, quand je connaissais à peine New York, à cette femme bizarre assise sur notre perron, suintant l'hostilité, puis aux appels incessants de son avocat au sujet de l'argent.

Lorsque je pénétrai dans le cabinet du docteur Fendall, il me dit avant toute chose son soulagement de me voir ; il avait été presque sûr qu'après avoir commandé le taxi il ne me retrouverait pas au bout du fil.

Neil était à Boston ce jour-là. Il avait quitté LaGuardia avant que je me réveille et serait de retour dans la soirée. Nous n'étions pas du genre à nous téléphoner dans la journée pour échanger des nouvelles. Il interviewait quelqu'un au MIT pour son nouveau livre et devait dîner avec son vieil ami Turaj. Le docteur Fendall connaissait mon adresse car il avait lui aussi conservé ma carte de visite. Je me rappelai brusquement que le livre que je lisais dans le Vermont avait été écrit par un homme du nom de Perrin, qui vivait là et cultivait sa terre. Très jeune, j'avais eu beaucoup de succès, puis je m'étais égarée. Ma relation amoureuse n'était pas satisfaisante, en partie parce que je savais que j'aurais dû faire des choses plus importantes. L'homme avec lequel je vivais – Ben – était en colère, et ce qu'il avait fait se résumait à une protestation assez inefficace dont le but principal était de réussir plus ou moins à disparaître.

« Vous n'aviez pas les mêmes idées sur l'existence ? » demanda le docteur Fendall.

C'était vrai : je n'avais pas personnellement apprécié les choses qui lui importaient. Il avait été un musicien prometteur (bassiste à Juilliard. Doué aussi pour les instruments à vent). À l'occasion, je prenais de la marijuana et de la cocaïne, mais les drogues n'aggravaient pas mon problème. Je m'endormais facilement. Non : je n'avais pas envie d'alcool avant de me mettre au lit.

« Et qui vous procure ces drogues ? »

Un vétérinaire de SoHo, qui naviguait lui-même entre la Ritaline et le Seconal. Oui, il réussissait dans son métier. À ma connaissance, personne ne l'avait dénoncé pour quoi que ce soit. Mon mari beaucoup plus vieux était à Boston. « Beaucoup plus vieux » me fit rire. Oui, le vieux prenait parfois des drogues avec moi, mais non, ni lui ni moi ne nous étions jamais mis au lit avec une boisson alcoolisée sur la table de chevet. Qu'y avait-il de si drôle ? Eh bien, juste l'*idée* d'être accro. Moi et un vieux type. Selon moi, c'était un mariage heureux. Nous aimions tous les deux notre travail, qui était assez semblable et différent pour que nous puissions échanger nos idées et avoir d'intéressantes conversations sans empiéter sur le territoire de l'autre. *Chaff* était le titre choisi par le réalisateur du film. C'était vraiment un bon documentaire. La dernière fois que j'avais pris des drogues ? Il y a une semaine environ, en regardant la télé dans la journée : une rediffusion des temps forts de *The Ed Sullivan Show*. Je ne me considérais pas comme quelqu'un de déprimé. Paresseuse, plutôt. J'avais déposé les draps à la blanchisserie depuis des jours, mais nous en avions d'autres paires. Je n'avais pas même téléphoné pour demander s'ils avaient trouvé la télécommande, et ça, c'était un signe de paresse. Oh, à mes yeux cela signifiait simplement que je n'étais pas très organisée. Les migraines n'étaient pas un problème. Ah, *aujourd'hui*, bien sûr... mais c'était rare. Ni moi ni mon vieux mari ne voulions d'enfants. Il avait subi une vasectomie. Je parlais bien d'un contrat de mariage. Il semblait m'avantager, alors quelle importance. J'avais effectivement pensé à prendre mon propre avocat. J'écoutais quelquefois en boucle un enregistrement de *We Are the World* et j'essayais d'identifier la voix qui fendait l'air comme un couteau. J'avais cessé de faire des recherches pour Neil après avoir découvert qu'il était marié. Elle était plus jeune que lui. Plus âgée que moi. Trente-cinq ans ? Peut-être plus, mais encore belle. Je ne l'avais vue que cette fois-là. Elle se rendait chez un avocat. J'avais remarqué que les gens s'exprimaient sans retenue quand ils me parlaient. Sans doute à cause d'un signe inconscient de ma part, mais lequel ? Récemment, j'avais constaté que de moins en moins de gens me parlaient. Mes amis qui habitaient l'immeuble le faisaient, mais le psychologue avait trouvé un bureau à quelques rues de là, et Etch, le fils du propriétaire, avait fait son coming-out et, pour une personne timide, certains des hommes qu'il ramenait chez lui étaient carrément terrifiants.

« Pourrions-nous revenir à Ben et à votre relation ? » dit le docteur Fendall.

Mon histoire dans le Vermont avait duré un peu moins d'une année. J'étais jeune. Pas vieille *comme mon mari*, mais avec le recul, Ben et moi n'avions été que des enfants. Marijuana, pas d'autres drogues. Mon mari pensait que les psychiatres étaient des sorciers, et d'après moi c'était une attitude défensive. Ou arrogante. Il tenait à donner l'impression qu'il savait des choses. Des choses essentielles sur lesquelles se fondaient les sentiments exprimés. L'été, Neil et moi profitions de l'hospitalité de gens qui avaient affrété un yacht, voguant vers les îles grecques. Peut-être y avait-il des drogues à bord ; peut-être pas. Il serait inconvenant d'essayer de contacter la secrétaire du maire si jamais je souhaitais connaître la nature de ses relations avec Ben. Mon mari aimait agir de manière spontanée – s'amuser. Il était brillant, il avait le sens de l'humour. C'était un mystère pour moi. Bon : mieux valait un homme mystérieux qu'un mystère résolu, car on risquait de se retrouver avec une réponse peu souhaitable. Je ne dirais pas que je posais beaucoup de questions. Oui, il aurait sans doute pris cela pour du harcèlement.

« Que pensait-il au sujet de Ben ? »

Toute réponse à ce genre de question ne serait-elle pas du style *Il sait qu'elle pense qu'il ne comprend pas, et elle sait qu'il sait que c'est la vérité, mais ils ignorent tous les deux que leur avion amorce sa descente* ? C'est une sorte de jeu : un texte qu'on lirait dans une bande dessinée, dans la bulle au-dessus de la tête du chien. Je fus incapable de le répéter ; c'étaient des vers de mirliton. Un calembour ! Des vers de mirliton ! Qui nous entraînaient sans nul doute très loin de la question initiale.

S'il s'était agi d'un film que j'avais pu monter, voici ce que la nouvelle version aurait donné :

La femme de Neil portait un jean seyant, des chaussures plates, si démodées qu'elles étaient à la mode. Elle fumait des Benson & Hedges. Il y avait une pochette d'allumettes… j'ai oublié le logo du restaurant. Des cheveux mi-longs. Une alliance en or. Elle n'avait pas quitté précipitamment son appartement de l'Upper East Side sans prêter attention à son apparence. « J'imagine que vous saviez sans savoir, dit-elle. Je me trompe ? »

« Salut, excusez-moi, j'ai une urgence », interrompit Raymond, le psychologue, ouvrant le portillon et gravissant le perron en toute hâte. J'entendis sa clé tourner dans la serrure de la porte d'entrée. La femme serrait ses pieds l'un contre l'autre. Mon

univers était sur le point de changer. Un poète…
Rilke. « Tu dois changer ta vie », avait-il entendu au
Louvre. Facile pour les autres de vous le conseiller.
« Franchement, il vaudrait mieux que vous ne soyez
plus assises là dans dix minutes. J'attends quelqu'un
qui a eu une sale journée », cria Raymond par-dessus
son épaule. La porte se referma sur lui.

« Il reçoit des patients, dis-je à la femme.

— Il avait l'air très impatient.

— C'est un psy. Un psychologue, je veux dire.

— Ah, je croyais que nous avions toutes les deux
des perceptions très différentes.

— Vous pouvez le garder, dis-je. Je ne veux pas
d'un homme qui m'a trompée. »

Elle lissa son jean avec ses mains, bien qu'il soit
trop serré pour faire des plis.

« Mes amies avaient des doutes », dis-je, regrettant
que ma voix ne soit pas plus assurée. Je n'étais pas
certaine de pouvoir résister encore longtemps. « Elles
lui téléphonent, elles flirtent avec lui. Je suppose
que, s'il est vaniteux, c'est qu'il a de bonnes raisons
de l'être.

— Il vous demande ce qu'il doit faire avec elles ?
Comme si c'était votre problème ? Il veut vous faire
croire que vous n'avez pas de vraies amies. De cette
façon il acquiert plus de pouvoir sur vous. »

De l'autre côté de la rue, il y avait le séminaire.
Les arbres. La vue que je contemplais chaque jour.
Sa bague perdit son éclat quand le soleil se cacha
derrière un nuage. Puis le nuage s'éloigna. Le ciel
bleu et vide.

« Vous vous appelez comment ? demandai-je.

— Vous lui ressemblez, n'est-ce pas ? dit-elle. Vous hésitez beaucoup avant de poser une question. Comme si le point d'interrogation s'envolait et plantait son crochet entre vos yeux. »

Nous nous regardions.

« Lisa, dit-elle. Bien sûr, je suis une femme si avisée que j'ai gardé mon nom de jeune fille. Lisa Pauline Haley. Et vous êtes Jane Jay Costner. *La* Jane Jay Costner. J'ai vu votre film après qu'il a reçu un Oscar. Vous êtes jeune, jolie et talentueuse. Je suppose que Jay était le nom de jeune fille de votre mère. Vous venez sans doute du Sud. » Elle secoua la tête. « Je suis donc assise sur le perron d'une brownstone à Chelsea, j'en ai fini avec mon mari, et à présent vous ne voulez plus de lui non plus. »

Elle croyait tout savoir. Elle était à l'image de Neil. Et si je le voulais *vraiment* ? Je n'aurais aucune raison de le lui confier, même si c'était la vérité.

Elle dit : « Eh bien, on dirait que ce n'est pas son jour, hein ? Mais il n'y a aucune étincelle entre nous. Je ne parle pas de lui et moi… mais de vous et moi. Je me trompe ? Dans le cas contraire, je vous aurais invitée à prendre un café.

— Vous avez raison. Je ne me sens pas du tout attirée par vous.

— C'est peut-être de la jalousie. J'ai quelques bonnes amies. C'est sans importance. »

Un garçon qui venait de promener son beagle dans un sens fit demi-tour et rebroussa chemin. Je n'avais jamais vu cet enfant ni ce chien. J'avais entendu dire que James Earl Jones habitait le même pâté de maisons, mais je ne l'avais jamais vu non plus.

« Il effleure vos lobes de ses lèvres, chuchote à votre oreille, vous hypnotise ? Nous restions couchés nez contre nez, et il me demandait de réciter des passages qu'il m'avait obligée à apprendre par cœur. Des sonnets de Shakespeare. Je parie que nous pourrions les déclamer en chœur toutes les deux. »

Je secouai la tête en signe de dénégation.

« Je ne vous crois pas, dit-elle. Cigarette ? »

Je secouai à nouveau la tête.

« Vous savez, s'il passait à cet instant même, il essaierait de nous faire savoir par un signe sibyllin que chacune de nous est la seule et l'unique », dit-elle.

J'essayais de respirer normalement. Avais-je su sans savoir ? S'en irait-elle jamais ? « Il vous lave les mains, n'est-ce pas ? Vous ne pouvez pas mentir à ce sujet. Vous êtes devant le lavabo et il s'approche par-derrière, il prend le savon, s'enduit les mains avec, enferme vos menottes dans ses doigts et les frotte pendant que vous riez. C'est excitant, non ?

— Je vous le laisse, dis-je encore. Il est à vous.

— Vous n'avez vraiment jamais pensé qu'il menait une double vie ? Je pense que moi aussi j'aurais pu ne me douter de rien, mais nous sommes mariés. Par ailleurs, il a tellement besoin de se confesser. Il vous aime, il vous désire, il ne vous désire *même* pas ? Je vous le dis comme à une… j'allais dire une "amie", mais je ne suis pas votre amie. Nous n'avons pas d'atomes crochus. Disons que je m'exprime en tant que son ex-épouse. Il ne comprend que l'argent.

Protégez-vous et faites en sorte de lui en tirer un bon paquet, si ça ne marche pas. » Elle me regarda. « J'ai le même sac, observa-t-elle. Il a convaincu deux femmes intelligentes que les sacs à main étaient une gêne, mais que transporter un cabas que les Anglais remplissent de truites ne l'est pas. »

Etch et son petit ami, Kim, étaient excités si quelqu'un assistait à leurs ébats. Kim faisait brûler de l'encens et se pavanait dans un peignoir de soie blanche qu'il avait volé dans un magasin. Puis il y avait la caisse. C'était un large écran encadré, de la taille d'une télévision, avec des roues. Kim la rangeait dans le placard et la sortait quand ils couchaient ensemble, la tirant avec une corde. Il passait un certain temps à l'orienter exactement comme il le voulait, face au lit. Quand elle était branchée, la sono diffusait un bruit d'orage, et des éclairs traversaient le ciel. Apparemment, elle avait autrefois été utilisée dans un spectacle de marionnettes. Je trouvais cela bizarre – plus impressionnant qu'un véritable orage.

Je pratiquais ce sport de spectatrice une ou deux fois par semaine, au coucher du soleil : je partageais un joint, je buvais un verre de vin avec Etch et Kim, je regardais par la fenêtre pendant qu'ils se déshabillaient (un curieux réflexe de pudeur : j'attendais jusqu'au moment où j'entendais Etch entrer dans le lit, puis je regardais Kim retirer lentement son peignoir et esquisser sa petite danse de strip-tease). Je m'asseyais sur la chaise d'angle (mise au rebut un soir par la célèbre actrice, et récupérée sur le champ par Etch) pour observer la scène. Les bruits d'orage de la caisse étaient un peu trop spectaculaires pour m'effrayer, mais n'avaient rien d'amusant non plus. Le plus étrange, c'était que, lorsque le tonnerre grondait réellement, je pensais toujours à la caisse et j'éclatais de rire. Kim était danseur, aussi la pyrotechnie sexuelle était-elle souvent tout à fait saisissante. J'étais fascinée par le mouvement du peignoir qui s'amoncelait sur le sol, me disant que si j'avais su prendre des photographies, j'aurais récolté une belle collection d'images. Le peignoir avait une réelle personnalité.

Vers six heures du soir, Etch se douchait, Kim dormait, ou enfilait le peignoir, je me glissais au-dehors sans dire au revoir et je me retrouvais dans l'escalier avec l'impression de ne plus contrôler mes gestes – comme si l'ascension de l'escalier était un phénomène indépendant de ma volonté. Moi-même un peu épuisée, je faisais une réservation pour le dîner, ou je songeais à me rendre chez l'épicier coréen pour y faire des achats en prévision du plat que j'allais concocter.

Neil et moi attendions au feu rouge.

« La capacité négative. Ce qu'un homme est capable d'être dans l'incertitude, le mystère, le doute, sans se laisser irriter par les faits et la raison. Quel génie, ce Keats. Oublie ses chiffres sur l'urne. Il emploie le mot *irritable*, comme si les faits devaient rendre une personne *irritable* ? »

Rollerina[1] fila devant nous tel l'éclair, virant dans Washington Square : un type sur des patins à roulettes, habillé d'une robe de bal.

Le feu passa au vert.

Destiny, l'une des fugueuses qui avaient participé à *Chaff* prit contact avec moi par l'intermédiaire de mon agent et m'invita à sa cérémonie de remise de diplôme. Elle commencerait ses études à NYU à l'automne. Elle avait été diagnostiquée cyclothymique, et le traitement qu'on lui avait prescrit était miraculeux. Elle n'était qu'un nourrisson quand ses parents, un couple d'adolescents, l'avaient vendue devant un centre commercial de Paramus, dans le New Jersey. Son père et sa mère adoptifs avaient dû les payer en deutschemarks. La transaction avait été facilitée par une ancienne religieuse qui travaillait pour une fausse organisation catholique fondée par la CIA. Et ce n'était que le début de l'histoire.

Au téléphone, je lui répondis que je n'aimais pas les cérémonies, mais que j'étais fière d'elle, et je lui proposai de l'inviter à déjeuner. Elle donna le nom du restaurant, et fixa la date. C'était un restaurant italien dans Mulberry Street, « Via ».

Elle avait réservé : « Destiny, pour deux. » Devenue une jolie jeune fille avec des pommettes hautes, un nez aquilin, elle aurait pu être mannequin si elle avait été plus grande. Elle était encore très mince,

1. Célèbre drag-queen des années soixante-dix. (*N.d.T.*)

les ongles striés, les cuticules rongées. Elle avait suivi un programme de réhabilitation et commanda une bouteille d'eau avec une rondelle de citron. Je l'imitai.

« Une grande bouteille, c'est mieux », dit le serveur en s'éloignant.

Le déjeuner était offert par la maison, car la fille du patron avait fait sa cure de désintoxication avec Destiny : elles avaient partagé la même chambre, et l'autre fille sentait que le cours de sa vie avait changé grâce à Destiny. Elle ne vint pas déjeuner avec nous car elle était enceinte de neuf mois et ne pouvait pas marcher.

« Vous ne nous avez jamais parlé de vous, dit Destiny. Je suppose que ça n'avait pas d'importance, mais nous étions si curieux de votre vie. Curieux de tous les gens qui souhaitaient passer du temps avec nous et qui avaient l'air normaux. Nous avions décidé que nous pouvions nous débrouiller le plus souvent sans les adultes.

— Oui, ça ne semblait pas correct, même si je ne trouve pas le mot juste, répondis-je. Je n'avais jamais fait ce genre de travail avant. J'ai eu la chance qu'on me propose de revoir le scénario, et Larry a été si impressionné qu'il m'a chargée de le réécrire entièrement.

— Quand le film a reçu l'Oscar, j'ai fait pipi dans ma culotte, dit-elle.

— Alors tu vas te lancer, hein ? Tu vas étudier le cinéma ? Et je suis si heureuse pour ta remise de diplôme.

— Merci. Je pense que beaucoup d'entre nous aimeraient vous contacter, mais il se peut que certains s'en sortent moins bien, ou n'aient pas terminé leurs études, aussi quelquefois ils pensent que vous n'auriez pas de plaisir à les voir, même s'ils ont remonté la pente. Pas comme June Bug, qui a touché le fond.

— Eh bien, j'espère qu'ils comprennent qu'ils peuvent le faire s'ils en ont envie. Tu penses à une personne en particulier ?

— Non. Il y en a plusieurs. Vous étiez une grande héroïne pour nous. Vous nous faisiez parler de notre raisonnement. Je veux dire, c'est vraiment cool qu'on ait eu un Oscar !

— Oui. Incroyablement cool.

— On vous avait inventé une vie imaginaire. On traînait pas ensemble ni rien... on se connaissait même pas tous... mais quand on s'est retrouvés à cette fête à Brooklyn... Les filles disaient que vous alliez nous parler de votre vie. Que vous aviez pris des drogues, ou que vous aviez été élevée dans un couvent. C'est ce que l'une de nous croyait.

— Rien de tout cela n'est vrai, dis-je.

— Je vois encore Blake et Sharon. Sharon a une photo d'elle et de vous à la fête ; elle l'a mise sur son autel, sur ce que j'appelle son autel : des bougies parfumées et tous ses bijoux. Cette photo, et une photo de son frère. Ensuite Blister a dit qu'il savait où vous habitiez, et que vous viviez avec un danseur.

— Mon mari est écrivain.

— Votre mari est asiatique ?

— Non. Il est américain.

— Je suppose que Blister a mal compris, reprit-elle. Il affirme avoir croisé votre mari à Chelsea. Qu'il allait à une répétition de danse.

— Ce n'est pas mon mari. » Je réfléchis une seconde. « Blister connaît mon adresse ?

— Oui, parce que son référent est un séminariste. Il est venu déjeuner ici, et le machin-chose du séminaire lui a dit qui habitait dans la rue, vous, et un acteur, ou un mannequin ?

— Je me demande pourquoi il n'a pas sonné.

— Je ne sais pas. Mais il est tombé sur ce type qui a affirmé être votre mari, et il traînait une grosse caisse ? »

Je compris brusquement. La seule chose qui m'échappait, c'était la raison pour laquelle Kim avait prétendu être mon mari.

« Ce garçon rend visite à quelqu'un dans mon immeuble, dis-je. C'est un type à histoires. Blister devrait l'éviter.

— Ça m'a paru bizarre. J'ai dit à Blister que je n'en croyais pas un mot, mais il gobe n'importe quoi, vous savez. Le type voulait… c'est sans importance, puisque ce n'est pas votre mari… il lui a demandé s'il serait intéressé par une partie à trois. »

Je m'agrippai des deux mains au rebord de la table et je la regardai.

« Je lui ai dit que c'étaient des conneries, reprit-elle. Non que ce soit mal ni rien, si c'est ce qui vous plaît. Normalement ce n'est pas là qu'il voit son référent. Le séminariste s'est cassé le pied, alors il a demandé à Blister de se déplacer, et ils ont fait un pique-nique ou je ne sais quoi derrière la maison. Et quand Blister est reparti, il a rencontré ce type qui a flirté avec lui, il sortait de chez vous et...

— Nous ne louons que l'étage du haut. Il y a pas mal d'autres locataires dans la maison.

— Oh, je pensais que vous étiez comme nous, parce que c'est ce que tout le monde disait... que vous étiez comme nous avant... mais que vous étiez revenue dans le droit chemin et que vous aviez trouvé le moyen de devenir riche.

— Les gens parlent des autres, et ils inventent des histoires, et ils croient que c'est la réalité. Mais tout ça n'a rien à voir avec la personne en question. »

Le patron nous servit, aidé d'un jeune apprenti cuisinier qui désigna les plats : « Manicotti. Insalata mista. Le pain est tout frais. Pas de viande. » Le patron nous fit un grand sourire, versa de l'eau dans nos verres, pressa l'épaule de Destiny, et repartit.

« Il est gentil, mais il ne parle pas à sa fille, dit-elle comme ils s'éloignaient.

— J'ai perdu ma meilleure amie quand je me suis mariée, dis-je. Elle pensait que mon mari ne valait pas la peine.

— Eh bien, vous êtes drôlement cool, s'exclama-t-elle. C'est vrai ?

— C'est un genre de Svengali.

— Je ne sais pas ce que ça signifie.

— C'est quelqu'un qui vous manipule. Plus que ça : quelqu'un qui vous fait croire que vous avez besoin de lui pour accomplir quelque chose.

— Votre *mari* ?

— J'ai tout pigé, expliquai-je. Je me suis rendu compte qu'il se comportait ainsi parce qu'il manquait d'assurance. C'étaient les autres aspects de sa personnalité qui m'attiraient : sa grande intelligence, sa spontanéité. J'ajouterais son sens de l'humour, mais chaque femme s'imagine que son compagnon a un sens supérieur de l'humour. C'est une façon pour les femmes d'approuver leur propre choix.

— Vous vivez avec un type dont vous êtes sûre qu'il vous manipule ?

— Non. Je vis avec un homme qui aimerait avoir ce pouvoir, mais qui l'a perdu.

— Et vous me dites que c'est lui qui voulait faire une partie à trois, c'est ça ?

— Destiny : celui-là n'est *pas* mon mari.

— Sur quoi travaillez-vous ? »

Je me tus un moment. L'image de Kim lâchant son peignoir sur le sol surgit dans mon esprit. La ceinture déployée dans l'air. Mes travaux de correctrice s'étaient taris depuis longtemps. Je fus incapable de citer le moindre projet récent, aussi je mentis ; je prétendis que les recherches que j'avais faites pour Neil étaient toujours d'actualité. « J'ai passé du temps à la bibliothèque pour me documenter sur les oiseaux du Sud. Afin de rendre service à Neil. Il avait un contrat… euh, il avait décidé que c'était trop universitaire, mais il avait un contrat pour un livre sur les écrivains du Sud, comme Flannery O'Connor, et le rôle des oiseaux dans leur œuvre. Quand on parle de ce qu'on a découvert dans ses recherches ça paraît toujours ésotérique.

— J'ignore le sens de ce mot.

— C'est quelque chose que seules de rares personnes peuvent comprendre.

— Laissez-moi une chance. Qu'avez-vous trouvé sur les oiseaux ?

— Ils sont tous différents. »

Elle continuait de me regarder, attendant la suite.

« Les urubus à tête rouge, par exemple : ils sont si grands qu'ils prennent leur essor très lentement. Ils sont vulnérables à cause de leur poids. Maladroits. Parfois une proie facile. Ils ont un sens de l'odorat extrêmement développé et utilisent les vents ascendants pour planer, cherchant tout ce qui peut ressembler à une charogne.

— Carnivores », dit Destiny, fière de me montrer qu'elle connaissait ce mot.

« Neil, Neil, Neil. Ça te manque de ne plus glisser tes lèvres sur mon oreille, les yeux fermés, en me chuchotant des petits mots ? Tu peux recommencer tant que tu veux, mais ça n'aurait plus d'effet.

— Tu t'entends ? Tu me fais ces remarques à une heure du matin, affalée sur le lit, pendant que tu enfiles un de mes T-shirts.

— Si tu t'es vraiment corrigé, tu devrais te détester, non ? Parce que tu serais devenu quoi ? Un homme d'un certain âge qui va travailler et écrit dans une pièce tapissée de papier peint orné de fleurs de lys dorées que des gays te louent ?

— Tu te comportes comme si New York était un endroit sain à tes yeux.

— Tu n'écoutes pas. Si tu ne veux pas penser à toi, pense donc à moi ! Tu as drôlement réfléchi à la manière de m'éduquer, avant de me persuader que pour devenir une personne plus sophistiquée je devais apprécier, ou acquérir, certains objets de qualité. À présent je bois du thé Earl Grey *en vrac*, je porte un imperméable Burberry avec une ceinture nouée dans le dos, je m'habille chez un tailleur. Je dors dans des draps de cinq millions de fils au pouce carré, mais je suis une snob invertie. Je bois du Prosecco au lieu de champagne. Je comprends. Tu as beaucoup d'argent pour satisfaire mes désirs, qui sont commodément les *tiens*.

— Tu ne penses pas qu'il y a eu une décharge électrique entre nous à la seconde où nous nous sommes rencontrés ?

— Nous étions tous les deux dans une impasse avec nos conjoints.

— Évite les clichés. Si tu mets autant de couettes sur le lit, pourquoi ne dors-tu pas dessous ?

— Il y en a seulement deux. Tu n'as qu'à en repousser une si tu as trop chaud. Touche ma tête.

— Mon Dieu, s'exclama-t-il. Tu es brûlante.

— C'est la grippe.

— La grippe ? On s'est fait vacciner. Tu parles sérieusement ?

— Tu t'imagines quoi ? Que j'ai fait trempette dans un bain brûlant avant de venir me coucher ?

— On est vaccinés.

— Grâce au vaccin, la grippe sera moins agressive.

— La belle affaire ! s'exclama-t-il. Tu délirais de fièvre en me parlant ? Où est le thermomètre ?

— Nous n'en possédons pas. Je ne savais pas quelle marque je devais acheter.

— Ne sois pas odieuse juste parce que tu es malade.

— Mais tu as un avis, n'est-ce pas ? Sur le thermomètre le plus in ?

« Une bible ?

— Oui. Un *plan* d'émission télé, si vous voulez, dit mon agente.

— Si j'écris la bible, que se passe-t-il ensuite ?

— Le scénario est approuvé, nous l'espérons. L'équipe réalise un épisode pilote. Jonas dit qu'il est très influent en ce moment. Le problème, c'est qu'il en a besoin de manière urgente.

— Je ne sais…

— Je vais vous faire porter quelques ébauches. Pensez aux épouses qui attendent. Leur vie quotidienne, la façon dont elles se rapprochent, certaines deviennent plus patriotes, d'autres pas, l'une d'elles a un cancer du sein. Une autre se fait engrosser par le couvreur. Vous savez. Il y a des enfants partout, il faut toujours s'en occuper.

— Je ne saurais pas…

— *Écoutez, le dédit est fabuleux.* »

« Salut Jane. Nous ne nous sommes jamais rencontrées, mais je vous contacte pour vous exprimer ma sympathie après la mort de Ben et vous offrir quelques photos de lui bébé si vous les voulez, peut-être en échange d'un souvenir de sa vie plus récente, par exemple un livre auquel il tenait ou un presse-papiers, ou encore une pipe, s'il en fumait une, ou un objet de ce genre. Quand nous étions petits nous fabriquions des jouets avec des cure-pipes et nous les tordions pour leur donner différentes formes, par exemple des lunettes, que j'aurais aussi du plaisir à garder en mémoire de mon frère. Je suis venue une fois lui rendre visite dans le Vermont mais vous n'étiez pas là. J'aime le ciel la nuit, avec beaucoup d'étoiles. Je me rappellerai toujours mon frère et les moments passés ensemble, dans le Vermont par exemple. Si vous passez un jour par Sandusky, téléphonez-moi s'il vous plaît, j'espère que vous avez gardé des souvenirs agréables de l'être que j'ai aimé si profondément, et je vous souhaite bonne chance. Avec mes sentiments sincères, Johnlene. »

« Où est ton peignoir, Kim ?
— Ça ? Je l'ai jeté. À Hollywood des fausses blondes portent cette merde. Des pédés qui mettent du mascara. »

Neil et moi étions dans un café de Chelsea, nous venions de voir une exposition au Guggenheim. Neil tendit le bras et s'empara de ma main sur la table, plissant les yeux – c'était ainsi qu'il ponctuait les moments importants, comme si le temps était une voyelle qu'il pouvait étirer simplement en me fixant. Pourtant il avait l'air nerveux, presque comme un jeune homme sur le point de faire une demande en mariage, et ce fut ce qui retint mon attention. J'étais habituée à ses chuchotements, dont il se servait pour créer l'intimité – même si je lui avais dit que j'avais tout pigé –, pour converser avec lui-même, ou montrer qu'il n'était pas dupe de cette comédie.

Il étreignit ma main. « Ce que je m'apprête à t'annoncer va te surprendre, mais parce que je t'aime, je dois te le dire. Je veux que tu l'acceptes, bien que cela ne dépende pas de moi. Je ne pourrai répondre à aucune de tes questions, quelles qu'elles soient. Ne me regarde pas ainsi. Tout va bien se passer. Je t'ai aimée, et je t'aimerai toujours. Mais je vais disparaître. »

À la manière dont il le dit, je sus qu'il ne plaisantait pas. Ses yeux étaient mi-clos.

« Tu crois vraiment que je vais accepter ça ? répondis-je.

— Je sais ce que je *veux* que tu fasses, reprit-il. Réfléchis bien : cela aurait-il été plus facile si tu avais trouvé un mot en te levant ? Tu préfères penser que tu as été mariée avec un lâche ?

— Ces choses-là n'arrivent pas, dis-je. Les gens ne se marient pas pour ensuite... »

Je m'interrompis net parce que bien sûr, cela arrivait.

« Qui est-ce ? demandai-je. Quelqu'un dont je ne sais rien, c'est ça ?

— Personne d'autre. Dans une heure… » Il consulta sa montre. « … plutôt une demi-heure, je vais monter dans une voiture. Tu peux me regarder partir, si tu le souhaites, mais cela nous briserait le cœur à tous les deux. » Il marqua un temps. « Un avocat *différent* – aucun de ceux que nous avons engagés pour rédiger le contrat de mariage… » Il prononça ces mots d'un ton sarcastique. « L'avocat ne sait pas où je vais, mais il sait ce qu'il est censé faire. Il s'appelle Richard Flager. Tout ce que j'ai est à toi, y compris mon cœur. Tu vas t'en sortir.

— Tu as tué quelqu'un ? demandai-je.

— Chut, répondit-il. Je t'aime, et je te remercie pour notre vie commune. »

Il était impossible qu'il me fît marcher. Absolument impossible.

Dans ce genre de situation, des pensées sans aucun rapport avec le moment présent vous viennent à l'esprit. Je me rappelai un coup de téléphone très ancien comme s'il venait d'avoir lieu ; mon beau-père avait essayé de me persuader d'assister à ma remise de diplôme pour faire plaisir à ma mère, et j'avais raccroché en hurlant. J'avais encore la sensation de ce cri, mais j'avais oublié le son. C'était la dernière fois que j'avais émis un bruit pareil. À cet instant, je n'étais pas certaine d'être capable de parler de nouveau.

Le temps passa, mais ses yeux restèrent mi-clos et ne quittèrent jamais les miens. Son expression était très reconnaissable. Je me souvins de la formule « capacité négative », de son petit cours au feu rouge. Des chiffres figés de Keats. Du travesti fonçant à travers le parc. Neil cligna des yeux. Quelques secondes, je crus qu'il allait pleurer, mais il me fixait simplement avec le regard qu'il avait toujours posé sur moi, où je lisais la bonté, l'intérêt, peut-être même l'amour. Très probablement l'amour.

Je me demandai comment j'allais réussir à me lever. Bien sûr, je savais comment faire, mais nous étions dans un box, et je ne parviendrais pas à glisser sur la banquette, parce que je n'avais plus de jambes.

« Où cette voiture va-t-elle te prendre ? demandai-je en évitant ses yeux qui avaient contenu de la bonté, de l'intérêt et probablement de l'amour.

— À l'appartement », répondit-il, et ce furent les derniers mots qu'il m'adressa.

« Putain, pourquoi elle se soucie d'un peignoir pourri ? Elle a fouillé dans la poubelle ? Vous voulez récupérer ce peignoir tous les deux ? J'y crois pas. Et vous pensez que c'est moi qui suis dingue ? Je l'ai piqué à Bloomingdale's. C'est pas le fric de ton papa qui m'a permis de l'acheter. C'était mon peignoir, et je m'en suis dépouillé. Maintenant je porte un poncho. Je ne suis pas Jean Harlow. Je suis un homme qui porte un poncho. »

Les mois passèrent, mon agente téléphona, essayant de me convaincre d'écrire. « Le monde attend. » L'ironie exerçait toujours un pouvoir persuasif. Je me sentais mieux quand elle était présente, comme les couettes empilées, même s'il était nécessaire d'en enlever quelques-unes par moments.

Au printemps, l'immeuble devint une copropriété et j'achetai le troisième étage. Raymond, le psychologue, déménagea, ainsi que l'écrivain du *Village Voice*. (De toute manière il vivait avec un autre mannequin à NoHo : il finit par l'épouser lors d'une cérémonie bouddhiste dans l'île de Moustique.) Etch et Kim eurent une énorme dispute, suivie par une cérémonie d'engagement dans le quartier gay de Provincetown, où je fus la porteuse d'anneaux : pour le marié, une bague en or blanc, sertie d'onyx et d'un diamant jaune channel-set d'un demi-carat ; pour la mariée, une montre-bracelet Tiffany en forme de suspensoir.

Les oranges de sang. (Aussi le roman de John Hawkes.)

La pluie. (Aussi le poème de Robert Creeley.)

« *Stella !* » (Aussi les biscuits italiens : les Stella d'Oro friables.)

Je joue parfois à un petit jeu et je m'imagine dans le personnage de « Jane ». C'est un jeu satisfaisant, car il permet vraiment d'avoir du recul sur soi-même, et de déterminer ce qui est important ou non. Si « Jane » fait ceci ou cela, je deviens une sorte de reporter. Et je peux rendre compte d'un événement de mille façons différentes.

Retour en arrière : Jane et Neil sont dans un restaurant avec la rédactrice en chef d'un magazine, qui les encourage à boire du vin. À quoi bon occuper ce poste si elle n'utilise pas ses frais de représentation ha-ha-ha. Neil lève son verre aux deux tiers vide pour faire tourner le liquide rouge aux reflets fluorescents dans la nuit. Il se met à pleuvoir, les gouttes striant la fenêtre du restaurant. Neil boit une gorgée, hoche la tête. « Parfait », dit-il d'un ton un peu querelleur. (Le serveur est-il hyper attentif aux messages contradictoires : est-ce pour cela qu'il hésite avant de servir Jane, puis la rédactrice en chef et enfin Neil, très timidement ?)

Jane accepte un compliment de la journaliste. Elle prend son verre de côtes-du-Rhône. Par la suite, Neil lui apprendra qu'elle doit exiger que son vin soit servi dans un « verre au pied court ». La serviette de cocktail reste collée dessous. Plus tard, il lui dira de la retirer, car c'est *toujours* une gêne (il évite dans la plupart des cas d'employer cet adverbe, ce qui lui donne beaucoup de force quand il l'utilise). Elle s'en souviendra toute sa vie – à la fois quand l'argument semble approprié aux circonstances, et lorsqu'un tel savoir ne paraît pas s'y appliquer. Elle se rappellera toujours cette leçon et repoussera la serviette.

À quoi peut bien servir ce conseil dans le parcours d'une vie ?

C'est un excellent conseil, décide-t-elle. Il est mort (disons « mort ») – la compagnie d'assurances a enquêté, mais n'a pas encore clos le dossier. Jane va hériter des millions de dollars de son assurance-vie, de l'argent qu'elle a retiré du compte bancaire, des actions – déjà encaissées en partie – achetées au cours de leur bref mariage, après la vente de la propriété de Sonoma. Un homme merveilleux, si généreux – et elle avait autrefois signé un contrat de mariage pour lequel elle avait consulté son propre avocat (celui de son beau-père) ! La première épouse, si agressive… on aurait pu penser qu'elle allait refaire surface… Mais non.

Raymond quitta New York en octobre pour gérer à Miami Beach un hôtel-boutique qui n'avait pas d'enseigne et était sur liste rouge.

Etch et Kim se disputèrent à propos de vacances en Italie qu'ils ne pouvaient pas s'offrir.

Tous ces faits auraient pu défiler sur l'écran à la fin du générique. Mais il n'y a pas de film. Jane revoit pourtant ces années comme si elles en avaient été un – en partie parce que ses amis (dont le nombre s'était réduit, se limitant aux seuls habitants de l'immeuble) parlaient toujours des choses comme si elles étaient terminées (« Tu te souviens d'hier soir ? ») tout en conservant l'espoir de les revivre. Neil n'avait pas cette notion de l'existence. Il pensait que les gens ne devaient pas voir la vie ordinaire sous un jour romantique. « Nos combats, nos petits combats », murmurait-il la nuit au lit. Parfois il branchait certaines des torches et contemplait le plafond, avec les volutes rayonnantes autour des noyaux lumineux, les ombres telles des huîtres ouvertes scintillant dans l'eau de mer. (Dans les années quatre-vingt, le champagne attendait toujours.)

Jane roule vers le nord, en direction du Vermont : une voiture louée, une Toyota Corolla blanche, filant à toute allure sur Merritt Parkway. Elle écoute Chet Baker à la radio, se demandant comment un musicien si peu talentueux, jouant seulement sur la séduction, avait pu devenir si célèbre.

Elle s'arrête pour prendre de l'essence et faire pipi. Les toilettes empestent l'ammoniaque et, dans la cabine voisine, une mère essaie de calmer son enfant en larmes.

Les heures passent. Elle fait encore une pause, s'installe dans un box et boit un café. Elle se souvient de la banquette en vinyle rouge du bistro de New York – un endroit où elle n'est jamais retournée, le redoutant comme s'il était le décor d'un véritable désastre. Elle songe à Ben dans l'entrée de la brownstone, avec ses brochures. Etch et son commentaire sarcastique sur les amants qu'elle choisissait.

Ce que fait Jane n'est pas raisonnable. Elle a cependant l'intention de se débarrasser du souvenir de deux hommes. La seule personne à qui elle a confié ce projet – Etch – pense lui aussi qu'elle doit tenter quelque chose.

Elle continue de rouler, atteint enfin la maison où elle a vécu avec Ben, et voit que l'allée est pavée aujourd'hui, avec un portail sorti de ses gonds entre deux piliers, l'un droit, l'autre penché. Il y a un panneau À VENDRE. Elle se gare, inspire profondément, ouvre la portière, sort du véhicule, et pénètre dans l'arrière-cour.

La bordure de phlox – son jardin de fleurs à couper – a disparu. Il ne reste qu'une pelouse rabougrie. Elle décide de ne pas glisser un coup d'œil à l'intérieur des fenêtres anciennes à huit carreaux, mais elle remarque avec plaisir qu'elles ressemblent plus à des miroirs reflétant le soleil qu'à de vraies fenêtres. Une jolie qualité de verre ancien. (Tandis qu'elle se promène, elle est observée par une caméra de sécurité, mais ne s'en rend pas compte. Le propriétaire des lieux est prudent ; un pyromane – peu importe l'absence de preuves – sévit deux villes plus loin.) Le buisson de romarin a disparu – les Vermontois disent toujours qu'ils feront en sorte de le garder tout l'hiver et ils y réussissent parfois, mais pas plusieurs hivers de suite. L'azalée est dégarnie ; le pêcher a poussé. Jane contourne les mottes de boue, les touffes d'herbe, les pierres.

Qu'est-il arrivé à la famille dont lui avait parlé Ben ? Elle se retourne vers le portail.

(Le propriétaire scrute l'écran de contrôle, il dit : « Merde », et abaisse le repose-pieds de son fauteuil inclinable. Il appelle sa femme.)

C'est terriblement déplacé, mais Jane n'a aucune idée de l'endroit où elle pourrait disperser les cendres de Neil – bien sûr, quand il a été déclaré « mort », il n'y avait aucune trace de lui, mais elle a décidé avec Etch qu'un geste symbolique était nécessaire (« Vous êtes ridicules tous les deux ! » leur avait crié Kim avant de se ruer hors de l'appartement), aussi Jane et Etch avaient-ils brûlé dans la cheminée quelques papiers de Neil et une de ses chemises.

Les cendres sont dans une boîte Tiffany bleue qui a contenu autrefois un vase en cristal taillé que Neil lui avait donné pour y mettre le bouquet de torches. Une pure folie que tout cela, quand elle y songe aujourd'hui, mais c'était sa vie. Elle s'est persuadée que les cendres dans la boîte représentent Neil et se dit qu'il aimerait être libéré. Elle est lasse, elle ne prête pas attention à l'endroit où elle marche et manque se tordre la cheville dans un terrier de spermophile.

C'est avec Ben qu'elle a vécu ici, mais sa tendance à se laisser aller aux sentiments lui a inspiré en partie l'idée que tous les hommes qu'on aime finissent par se ressembler pour cette raison.

(« Putain, où t'es passée ? » hurle le propriétaire de la maison, effrayant le chat. Le fauteuil inclinable est pourri. Il voit à la façon dont le repose-pieds s'est affaissé sur le sol qu'il ne va pas se redresser. Où est sa femme quand il a besoin d'elle ? Est-il censé monter dans le camion et se rendre tout seul dans la propriété, avec son pied abîmé ?)

Ben et Neil, deux êtres complètement différents. Elle imagine cependant que, si elle ramasse quelque chose qui a appartenu à Ben, même un peu de la terre qu'il a foulée, cela suffirait à les délivrer tous les deux. C'est sans doute une idée très folle, mais qui le saura ? Seulement Etch, qui l'adore quoi qu'il arrive.

Elle se détourne de la maison – il fait froid ; elle drape son écharpe autour de son cou – elle essaie de se transporter à Chelsea, dans le lit en chêne doré, mais elle se souvient, au lieu de cela, de ses nuits sur le plancher de Jan, du bois dur sous le sac de couchage, des deux semaines passées chez elle, qui lui avaient paru deux années, et elle est submergée par la culpabilité d'être restée si longtemps.

Chez Jan le chauffage s'éteignait avant huit heures du soir, et ne se remettait en marche qu'après dix heures du matin. Où pouvait-elle bien être ? Dans un endroit où il fait chaud, espère-t-elle.

Elle piétine la terre de sa botte. Le phénomène Hans le malin. Comprend-elle d'instinct les signaux des autres et réagit-elle comme ils le souhaitent ? C'était ce qui se passait avec Neil ?

Elle a lu dans la rubrique nécrologique que le docteur Fendall était mort d'un cancer.

Tout près de la propriété, il y avait une rangée de maisons de ville murées. Et les panneaux contradictoires : DÉFENSE D'ENTRER, À VENDRE. C'est-à-dire ? *N'entrez pas ici, mais si vous jetez un coup d'œil, vous aurez peut-être envie de l'acheter ?*

Qui parvient à revenir en arrière ? Personne.

Elle est un peu anxieuse parce qu'elle a essayé de se souvenir des détails du trajet jusqu'à la ferme de Ben, mais elle ne se rappelle pas s'être arrêtée pour prendre de l'essence, et a oublié ce qu'elle a pu voir sur la route. Des arbres sans doute, mais rien de spécifique. D'autres voitures. Moins de circulation. Le changement d'air. Un enfant pleurant dans les toilettes, sa mère essayant de le consoler. Pour le reste, elle pourrait inventer, mentionner des gros camions quand elle raconte l'épisode à Etch, mais elle n'a pas vraiment l'impression d'avoir dépassé quiconque, ou d'avoir été doublée.

Juste avant de se marier, elle avait fait ce que lui suggérait son beau-père et appelé un de ses amis, surnommé Prettyman, qui était avocat à Washington.

Quand ils s'étaient rencontrés la première fois, Neil avait dit : « Il ne s'agit pas de résoudre les choses, ni de communiquer avec les autres gens, d'essayer de leur faire comprendre ce que tu comprends. Il s'agit d'une assiette de poulet au drive-in. D'un oreiller moelleux. De choses qui n'ont pas besoin d'explication. »

« Tu ne m'as jamais dit quel était ton film préféré », lui avait-elle dit un jour.

Ensuite il avait disparu. Pas d'une façon mélodramatique sur le moment, mais peu après.

Son film préféré avait été *Blow-Up*.

À présent, ayant passé seule un autre jour de sa vie, elle est debout dans un champ du Vermont. Elle a fait tout ce trajet pour se rendre compte qu'elle n'a aucun souvenir marquant de sa vie à l'intérieur ou à l'extérieur de la maison, ni de la fois où elle a revu Ben à New York. Ou plutôt, alors qu'elle se tient devant la maison où ils ont habité, il lui apparaît que le sens des choses ne dépasse pas leur réalité.

Jane est assise par terre, les genoux serrés contre la poitrine.

« Je peux faire quelque chose pour vous ? crie une femme au volant d'une Jeep qui s'avance sur la pelouse cahoteuse, son énorme avant-bras à la fenêtre, un bonnet rouge sur la tête.

— J'ai habité ici, dit-elle.

— Moi aussi, réplique l'autre, dans l'une de ces maisons au bord de la route, avant que l'affaire capote. Maintenant nous vivons dans une caravane. »

Elles se dévisagent. Jane se demande si elle va lui poser une question sur la boîte bleue posée sur le sol.

« Mon mari vous a repérée », poursuit la conductrice de la Jeep. Au début, Jane ne comprend pas.

« Il y a une caméra sur ce volet, explique la femme, l'indiquant de la main. Vous venez de passer une audition pour mon mari qui a dû vous observer, croyant que vous alliez faire un numéro de strip-tease. » Elle rit, égayée par son humour.

Jane n'est pas tout à fait sûre qu'elle dise la vérité, mais c'est possible. Peut-être a-t-elle été surveillée. Qui pourrait la voir à une telle distance ?

« Mon mari m'a dit que quelqu'un jetait un œil à la maison pour la cambrioler. J'ai pensé que cette personne s'intéressait aux meubles anciens en prévision de la vente aux enchères.

— Je ne sais rien à ce sujet.

— Il y a peut-être quelque chose qui vous plairait. J'ai la clé. » Elle désigne une grappe d'objets accrochée au rétroviseur du véhicule.

« Ça ne… je ne crois pas que je me sentirais mieux si je rentrais », répond Jane.

La femme hoche la tête. « C'est une propriété privée avec un panneau DÉFENSE D'ENTRER, et mon mari est de mauvaise humeur aujourd'hui.

— Je m'en vais.

— Des plaques d'immatriculation de New York.

C'est de là que vous êtes venue ? Juste pour jeter un œil et repartir ?

— La route de la mémoire. »

La femme chasse les cheveux de ses yeux. « Vous avez envie de raconter ?

— C'était il y a longtemps. Les maisons de ville n'étaient pas construites. Quand nous habitions là, le couple de vieux fermiers était en vie. Ben a loué et travaillé la terre.

— Vous connaissez Goodness ? demanda la femme d'une voix changée.

— Oui. Il est mort.

— Comment ça, il est mort ?

— Il est mort. Il y a eu… c'était un accident, à New York.

— Merde.

— Je suis désolée.

— Un accident de voiture ?

— C'est l'idée générale. Je préfère ne pas en parler pour le moment.

— Attendez une minute… Vous êtes la petite amie ? »

Jane acquiesce.

« J'ai entendu parler de vous. Mon beau-frère vous a rencontrée une fois. Dwight ? Il a construit les courts de tennis. Il a dit qu'un soir vous avez joué tous les trois au Monopoly au milieu d'une grosse tempête de neige. Il est ruiné. J'ai entendu parler de vous quand je traînais avec Goodness après votre départ et que j'étais encore au lycée. Il m'a appris à me garer pour que je puisse passer mon permis de conduire.

Je n'arrive pas à croire qu'il soit mort, c'est absurde. Vous êtes là pour déterrer la capsule de temps ?

— Comment ?

— Ce n'est pas parce que je vis dans le Vermont que je suis idiote.

— Comment ? répète Jane.

— Je ne vais pas vous en empêcher ! Je m'inquiétais pour ce qui allait lui arriver, parce que l'arbre est à moitié mort. Celui qui achètera la propriété l'abattra sans doute. Bien sûr, si la banque la récupère, ils sont trop stupides pour couper un arbre à moitié mort. » Elle a les hanches larges, un jean qui s'arrête au-dessus de la cheville. Elle porte d'épaisses chaussettes blanches. Une alliance orne son doigt gonflé.

« Du matériau pour une enquête de Nancy Drew[1], vous voyez ? » dit-elle en passant devant Jane.

Celle-ci la rattrape, et lui emboîte le pas. « Il s'est passé beaucoup de choses depuis que nous avons rompu, dit-elle. J'ai épousé quelqu'un d'autre, et il vient de mourir lui aussi.

— Est-ce que vous avez eu du pot quelquefois ? C'est ce que Dwight me dit : "Tu as eu un coup de pot ? Raconte !" Il nous observe toutes les deux, il s'ennuie comme un rat mort, mais il est trop paresseux pour venir jusqu'ici et voir ce qui se passe. Je me fiche qu'il soit au courant pour la capsule de temps ! »

Elles se mettent en route. Comme si la boîte bleue n'était pas là. Comment va-t-elle disperser

1. Nancy Drew (Alice Roy en français) est l'héroïne d'une série de romans pour la jeunesse. (*N.d.T.*)

les cendres de Neil ? Quelle idée avait-elle au juste en venant ici ?

« Je m'appelle Cora, dit la femme.

— Moi, c'est Jane. Là où nous marchons, il y avait une plate-bande de phlox.

— Je m'en souviens. Tout est mort à cause de la rouille. Les gens qui sont venus après le départ de Ben pensaient que cueillir des fleurs était un péché ! Je venais avec mon sécateur et la femme, morte d'inquiétude à l'idée que je sois en train de commettre un péché, manquait avoir une crise cardiaque. Les plantes n'ont pas tenu jusqu'à la fin de l'hiver. À propos de phlox, ç'aurait été un mauvais endroit où enterrer la capsule. Le drainage était insuffisant.

— Où allons-nous ?

— Arrêtez de faire semblant. Jusqu'à cet arbre, là où commence la forêt.

— Qu'est-ce qui pourrait vous convaincre que je ne sais pas de quoi vous parlez ?

— Rien, puisque vous êtes *ici*. Ça vaut pas grand-chose. J'ai vu ce qu'il y avait dedans, y en a pas pour un million de dollars. Hé, si c'était le cas, vous croyez pas que je serais partie vivre loin d'ici, en Floride par exemple ?

— Laissons cette chose là où elle est, peu importe ce que c'est. Je ne pense pas être capable de supporter ça.

— Il m'incombe de vous la donner afin qu'elle ne soit pas détruite. »

Le tronc est en partie creux. Trois planches clouées à l'arbre forment une échelle branlante. Une quatrième a perdu un clou et se balance dans le vide. Les autres sont placées très au-dessus du sol, il faudrait une échelle pour les gravir, et on n'atteindrait même pas le sommet.

« Vous savez, ça va vous paraître vraiment curieux, dit Jane, mais j'ai apporté une boîte qui contient les cendres de mon mari. Pour les disperser dans un bel endroit. Dans la forêt par exemple. C'est ce qu'il y a dans la boîte bleue là-bas.

— Ça me regarde pas », dit la femme. Elle écarte quelques feuilles avec le pied et retire une brique de la fourche de l'arbre. Un chien aboie au loin. Elle creuse le trou avec un bâton, puis avec la main. « C'est bien mal enterré, observe-t-elle. Vous savez quoi ? Je pense que mon mari nous a perdues de vue, mais vous savez quoi d'autre ? Il va retourner sur son fauteuil et faire une sieste, voilà tout. » Elle cesse de fouiller et sort un rectangle marron de la taille d'un paquet de cigarettes, mais plus mince. Il comporte deux fermoirs rouillés, un de chaque côté, et un cordonnet très détérioré. Elle essuie la boîte poussiéreuse sur son jean, comme si elle polissait une pomme. Elle ouvre les fermoirs et tend la main.

À l'intérieur se trouve un morceau de papier plié qui s'avère être une photocopie de la célèbre photo du marin embrassant l'infirmière à Times Square le jour de la victoire des Alliés sur le Japon, bien qu'un portrait d'elle ait remplacé le visage de la fille. Au-dessus, à l'intérieur d'un cœur dessiné à la main, l'inscription : *Ben et Jane, 1979-1980*.

C'est le genre de collage que fabriquerait un enfant,

plus curieux qu'émouvant. Quelque chose cliquette au fond de la boîte : une bague bon marché qu'on achète dans un distributeur automatique. « Je l'ai portée à mon petit doigt avant qu'il la mette là, dit la femme.

— Ah oui ? Une bague de fiançailles ?

— Noooon, une bague d'humeur. Je la mettais et elle virait au rose, ce qui était signe d'amour. Il n'était pas vraiment amoureux de moi, mais j'avais le béguin pour lui et on a fait un petit bout de chemin ensemble. Juste une aventure.

— Il a enterré cette boîte ?

— Je le lui ai demandé. Je l'ai achetée au marché aux puces. Elle lui a plu, mais il ne voulait pas de cadeau de moi si je ne lui expliquais pas ce qu'était une capsule de temps. Il devrait y avoir aussi une pilule là-dedans.

— Du cyanure ? » dit Jane amusée.

Elle retourne le paquet. Rien ne tombe dans sa paume. La femme le reprend, examine l'intérieur. « Elle est gâchée. Je la vois au fond. C'était une de ces pilules qu'on jette dans l'eau, et elle se transforme en fleur. S'il réussissait à vous récupérer un jour, vous auriez mis la bague d'humeur, et il vous aurait fait une fleur, un geste très romantique. » Cora fixe le sol. « Je n'étais qu'une gamine, dit-elle. Arrêtez de me regarder comme si j'étais débile.

— Que dois-je en faire ? demande Jane, remettant le morceau de papier à l'intérieur.

— Je savais qu'on se rencontrerait un jour. Bien sûr, j'ignorais que vous viendriez ici pour m'annoncer sa mort. Je suis plutôt contente que ce soient les cendres d'un autre type et pas les siennes. Voir les cendres de Goodness qui volent partout, ça me rendrait bien triste. » Cora détourne le regard en direction des arbres. « Ce n'était qu'une aventure, dit-elle, et cela s'est passé il y a longtemps.

— Il faut que j'y aille, dit Jane.

— La clé est dans le camion si vous avez envie d'entrer. Je sais que je me répète, mais je ne peux pas croire que vous n'en ayez pas envie.

— Merci, c'est non.

— Les meubles sont étiquetés. Les tableaux de fleurs sont déjà vendus. Ça pourrait vous attrister, je suppose. J'y allais quelquefois, je m'allongeais sur le lit, je rêvais que j'étais le papillon voletant sur la rose, ou le papillon de nuit au clair de lune. Il en avait rapporté un carton entier. Je n'ai jamais demandé où il les avait trouvés. Il avait un penchant romantique. Non que j'en aie beaucoup profité. » Cora regarde Jane droit dans les yeux. Elle dit : « Vous souhaitez rester seule et prier ?

— Non merci. Je ne suis pas religieuse.

— Ce soir il y a un repas de haricots à la caserne des pompiers, si vous décidez de rester.

— Je dois rentrer. Merci pour la proposition.

— Alors vous vous êtes mariée, et votre mari est mort lui aussi ? Vous êtes bien jeune pour être déjà veuve. Ça doit être dur.

— La vie est imprévisible.

— Je suppose. Dwayne n'a jamais vu passer que des écureuils et des oiseaux sur son écran de contrôle, et quelquefois un daim. Vous arrivez, et il faut que ce soit moi qui me retrouve face à vous. »

Jane tend la main. « Bien. Enchantée d'avoir fait votre connaissance, Cora.

— Pareillement. » La paume est rêche. Jane sent à peine les os sous la chair gonflée. « Il y a un fusil dans le camion, mais je n'ai pas pensé une seconde à m'en servir après avoir vu votre visage », dit la femme avec un grand sourire.

Jane écarquille les yeux.

« J'y vais, pour vous laisser vous recueillir, reprend Cora. Si ce n'est pas une question trop personnelle, pourquoi cette boîte est-elle bleu vif ? C'était sa couleur préférée, ou quelque chose dans ce genre ?

— Oh, c'est… » Jane ne veut pas dire qu'elle a pris cette boîte en haut de son placard. Elle répond oui et je me rends compte, comme elle, que je n'ai jamais su quelle était la couleur préférée de Neil.

Etch ouvrit sa porte quand je pénétrai dans l'entrée de l'immeuble.

« Déprimée ou en forme ?

— Une femme bizarre est arrivée dans une Jeep et n'a pas cessé de parler une seule seconde. Je n'ai pas dispersé ses cendres là-bas. J'ai atterri dans un parc à Pound Ridge.

— Je n'ai pas vraiment compris quel sens ça avait de le faire là où tu avais vécu avec l'autre type de toute manière. Tu veux un thé ?

— Tu sais, je crois que je ne suis pas en état d'affronter Kim en ce moment.

— Il est au cinéma avec un Philippin pour qui il a le béguin, » répondit Etch. Il consulta sa montre. « Il en a encore pour une heure minimum. »

J'entrai et m'affalai sur le canapé.

« Thé vert, thé noir, ou du déthéiné ?

— En fait, je préférerais du Jack Daniel's, s'il t'en reste.

— Il a tout bu. J'ai un pack de six Corona, si tu veux.

— Va pour une Corona, dis-je.

— Je sais que notre relation est devenue tendue, dit-il, ouvrant un tiroir dans sa cuisine linéaire. Je pense t'avoir déjà confié que je juge son sens de l'humour inapproprié la plupart du temps. Tu devrais rencontrer son Philippin. » Deux capsules de bières sautèrent. « Il fait ce qu'il croit être une imitation hilarante d'Ed McMahon[1] chaque fois qu'il s'assied sur le canapé. Les premières fois, j'ai cru qu'il parlait tout seul, encore un psychopathe.

— Que dit-il ?

— Il glousse. Il attend des autres qu'ils jouent mentalement le rôle de Johnny Carson.

— Merci », dis-je, prenant la bière. Il choqua sa bouteille contre la mienne et s'assit en face de moi, sur son fauteuil Butterfly en velours.

---

1. Ed McMahon et Johhny Carson ont animé ensemble l'émission *Tonight Show* de la NBC de 1962 à 1992. Leur premier invité fut Groucho Marx. (*N.d.T.*)

« Qui était cette inconnue dans le Vermont ?

— La femme du promoteur, qui a fait faillite. Elle a déterré de l'intérieur d'un arbre une petite boîte qu'elle appelait "la capsule de temps". C'est sans importance. Tu as raison. Ce n'était pas le bon endroit où disperser ses cendres.

— Tu as téléphoné à ce type ? Le facteur ?

— Non. J'ai complètement oublié.

— Dommage. Il s'est montré si dévoué en t'envoyant des cartes postales avec des nouvelles de la ville. Tu veux des bretzels ?

— Non merci.

— Est-ce qu'on pourrait dire que tout va bien entre nous, bien que Kim soit un trou du cul ?

— Tout va bien. Ne t'inquiète pas pour ça.

— J'ai eu une conversation avec lui hier soir et il m'a bien fait comprendre qu'il ne me quittait pas pour le Philippin, que c'est juste une histoire de cul. Je suppose que je l'ai cru.

— Tu pourrais trouver mille fois mieux.

— Les hétéros idéalisent toujours le potentiel romantique des gays. »

Une sirène de police se déclencha dehors. Un chien se mit à aboyer, et continua après qu'elle se fut tue.

« Un autre ami est atteint de ce cancer gay, dit-il.

— Vraiment ? Un ami proche ?

— Plus le sien que le mien », répondit-il. Il regarda en direction de la fenêtre. « Ouah, ouah, ouah, dit-il. Hou-hou-hou. HOU-hou-hou. À propos, mon père m'a rayé de son testament, mais il se montre magnanime et ne m'expulse pas. Il lègue tout à ma sœur à Hattiesburg. Elle a pensé à lui envoyer une carte pour son anniversaire. »

Je restai en contact avec Etch quand je quittai New York. Il déménagea dans un autre immeuble. Son père avait fini par le jeter dehors. Il devint conseiller bénévole à l'Alliance pour la santé des gays et travailla dans un magasin de vêtements pour hommes de son ancien quartier, qui commençait à s'embourgeoiser. Il adopta un corniaud qu'il baptisa Etch, ce qui ne créa aucune confusion car, lorsque je partis, il avait repris son prénom d'origine, Harold.

Je m'installai dans une ferme louée en Virginie et je passai l'année suivante à écrire le livre sur lequel est basé le film *La Seule Vacance*. Mon roman, comme vous le savez peut-être, s'intitulait *The Only Time We Went Away*. Je m'inspirais pour l'essentiel des carnets de Neil : de ses observations, de sa frustration due à l'incapacité d'exprimer l'étendue de son amour pour moi (qui, je commençais à le penser, était délibérée. Il en parlait dans ses carnets, sachant que je les trouverais). Mon personnage était un écrivain – différent de Neil sous certains aspects, mais guidé par les informations qu'il m'avait fournies : les Français, m'avait-il dit, croient volontiers que les Américains, et par conséquent leurs romanciers, sont tous cinglés. Nous jugeons leurs auteurs maussades ; les nôtres sont à leurs yeux une bande de têtes brûlées à la Norman Mailer. Aux États-Unis, les critiques qualifièrent le Neil que j'avais créé de « Svengali de l'émission *Saturday Night Live* » et de « Dr Doolittle déconstruit ». Le personnage était « aussi menaçant par ses intentions que Jack Nicholson dans *Shining* ». Un point de vue différent de celui des Français sur le film – même si je n'avais nullement cherché à le rendre aussi comique qu'ils le disaient. (Ce qui pourrait aussi exprimer les pensées secrètes de Jerry Lewis, je suppose.) Le film, et la parution du livre dans sa traduction française, fournit une puissante rampe de lancement à mon roman suivant, dont j'écrivis également le scénario – mais, dans le pur style d'Hollywood, il n'aboutit à rien dès l'instant où Meryl Streep signa pour un autre projet.

« J'ai été heureuse d'avoir des nouvelles de toi après tout ce temps. Es-tu toujours ennuyée d'avoir abusé de mon hospitalité dans mon petit appartement merdique ? C'est vrai que j'ai dû te pousser dehors, mais j'ai eu du plaisir à t'accueillir quelque temps. C'est juste que tu ne t'es pas rendu compte un seul instant que tu t'imposais, alors je me suis dit que dormir dans un sac de couchage ne risquait pas de t'incommoder. Je savais que tu ne proposerais jamais de partager le loyer – que tu finirais par t'en sortir, mais pas moi, c'était clair depuis le début. Si tu veux vraiment te reprocher quelque chose, rappelle-toi que tu n'as jamais versé ton écot pour les plats cuisinés. Tu as toujours réussi haut la main dans toutes les situations, et ça m'agaçait vraiment. Tout est différent depuis que j'ai survécu à la chimio.

Maintenant je souhaite le meilleur aux gens, et s'ils se contentent d'exprimer leur nature, peu importe. Tu n'as pas demandé de mes nouvelles dans ton mot. J'étais contente que tu me parles de toi, de tes livres (je ne les ai pas lus, je dois l'avouer), de la maison que tu as achetée récemment. Si tu m'avais posé une question sur moi, j'aurais pu répondre en toute honnêteté que je viens de survivre à la pire année de ma vie. En tout cas : haut les cœurs. »

Une litanie finale, avant d'oublier :
Investis dans Disney.

N'apporte jamais de fleurs à un dîner. Envoie-les à l'avance. Si tu reçois des fleurs, ne laisse jamais la carte avec. Pour tous les autres, l'expéditeur doit demeurer un mystère.

Quand tu voyages en Europe, ne porte jamais un parfum du pays où tu te trouves. En France, mets un parfum italien.

Fais l'amour dans les toilettes des avions.

Si tu n'arrives pas à tenir sur la tête, une excellente posture, apprends à faire la roue.

Fais attention aux hommes dont la montre n'est pas le seul bijou. Une montre de poche, hors de la vue de tous, c'est ce qu'il y a de mieux. Ne fréquente jamais un homme qui porte une montre à gousset.

Ne mets pas chez toi des fleurs qui se réfèrent à un mythe connu de tes invités. Pas de jacinthes ni de narcisses.

Ne rate jamais une éclipse solaire.

Lis les œuvres complètes de Tourgueniev et une bonne partie de Proust pour faire croire que tu as énormément lu, ainsi les gens ne t'embêteront pas.

Note qui est le directeur de la photo. À l'avenir, vois les films sur cette base.

Ne porte que des imperméables fabriqués en Angleterre.

Filtre tes appels. Ne réponds jamais au téléphone quand il sonne. C'est seulement l'indication que quelqu'un veut te parler.

Ce que tous les hommes pensent, au contraire des femmes, c'est qu'ils vont atteindre les étoiles.

N'utilise pas ton année de naissance pour ton code de carte bancaire. Sers-toi des chiffres qui correspondent aux quatre premières lettres de ton signe astrologique.

Quand tu es déprimée, regarde les sauts photographiés par Halsman, surtout celui de la duchesse de Windsor.

Tout change avec le temps. (Merle Haggard l'a admirablement chanté.)

Des années après avoir quitté New York, et peu après avoir découvert que ma mère était morte (nous nous parlions rarement au téléphone durant les dernières années de sa vie), je me rendis une deuxième fois à Lexington pour voir Carl, mon beau-père. Il avait emménagé dans une maison en ville avec un vieux camarade de l'armée devenu veuf, s'occupait de son jardin et était membre de plusieurs associations de bienfaisance. Nous n'avions jamais été proches parce qu'il avait épousé ma mère l'année où j'étais partie à l'université ; il était plus vieux, conservateur, et tenait des propos si réservés sur les homosexuels que ses idées homophobes ne faisaient aucun doute à mes yeux. Je soupçonnais que depuis quelque temps il s'était mis à boire beaucoup. Cependant il avait toujours été bon pour moi, du rendez-vous organisé avec un spécialiste à New York quand je vivais avec Ben dans le Vermont, souffrant de douleurs abdominales depuis un an, aux fréquents appels après la mort de ma mère pour prendre de mes nouvelles. Il avait fait agrandir et plastifier une critique de mon roman publié dans le journal de Roanoke. Il me l'avait envoyé par UPS, avec une étoile dorée épinglée en haut. Quand je téléphonai à Etch pour lui parler du cadeau, il me suggéra en guise de plaisanterie de le tenir à l'horizontale et d'imiter les Gitans de la gare de Rome qui dansent autour des touristes pour les distraire pendant que les enfants leur font les poches.

Carl descendit l'allée, me saluant d'une main, tenant de l'autre une poêle de brownies brûlés. La manique transformait sa main en une énorme pince de homard.

« La romancière ! s'exclama-t-il. Particulièrement en beauté aujourd'hui. »

Quand il m'embrassa la joue, je reconnus l'odeur de la vodka. J'attendis pendant qu'il jetait la nourriture carbonisée dans la poubelle. « Il faut faire attention, bien refermer le couvercle, sinon les ratons laveurs s'approchent et renversent les conteneurs », dit-il.

Nous pénétrâmes dans la maison. Une demeure victorienne, avec de hauts plafonds et quantité de tableaux aux murs. Stanley collectionnait de vieilles photographies colorées à la main.

« Content de te voir », dit Stanley, se levant de sa chaise. Il était en train de lire le journal. Une forte odeur de brûlé imprégnait la maison. Il s'avança et me serra la main.

« Carl, j'ai besoin de ton aide pour quelque chose », poursuivit-il aussitôt, s'engouffrant dans la cuisine. Carl et moi le rejoignîmes. Le problème était une boîte de thé emballée sous film plastique. Stanley n'avait pas remarqué le plastique et ne savait pas comment l'ouvrir.

« Un couple de vieux nullards, observa Carl. Mais on s'en sort.

— De taulards ? demanda Stanley.

— De nullards. De vieux *nullards*, répéta Carl.

— Nous envisageons de prendre une maison plus petite avec moins d'entretien, reprit Stanley. Ce n'est pas un mauvais moment pour acheter. Je fais don de ma collection à l'université. Le mois prochain nous vendrons quelques meubles aux enchères. »

Il vacillait un peu sur ses jambes quand il remplit la bouilloire. « J'ai perdu notre bouilloire, dit-il. Je l'ai prise pour arroser, je l'ai oubliée dehors, elle a été soulevée par la tempête qui l'a projetée sur la voiture du voisin. Elle a défoncé sa portière. La bouilloire aussi était fichue. » Il secoua la tête « Celle-là, on l'a trouvée dans un bazar. Ça chauffe l'eau aussi bien que n'importe quoi.

— Mais c'est presque l'heure du dîner. Je voudrais vous inviter ce soir, intervint Carl. Stanley, un bon repas nous ferait du bien à tous les trois. Un verre de vin, au lieu d'une tasse de thé ?

— Eh bien, le problème maintenant c'est que je n'ai pas encore fait ma promenade pour la tension, et que je dois y aller.

— J'aimerais me délasser après avoir conduit, dis-je. On peut vous accompagner ?

— Je ne vois pas pourquoi non. Marcher est bon à tout âge, répliqua Stanley. Je pourrais chercher mes mocassins et jouer les Daniel Boone[1]. Mon talon gauche me ferait moins mal. » Il avait une dent de devant ébréchée. Un peu de sang séché au-dessus de la lèvre, là où il s'était coupé en se rasant. Il s'examina dans le miroir de l'entrée. « T'as pas vu mes chaussures, Carl ?

— Je crois pas.

— Eh bien, si j'étais Ricky Ricardo, ce pourrait être le début d'un épisode comique, déclare-t-il en montant l'escalier.

— Tu regardes encore *24 heures chrono* ? demandai-je à Carl.

1. Officier de la milice américaine lors de la guerre d'Indépendance qui fut capturé et adopté par une tribu amérindienne. Il est devenu par la suite le héros d'œuvres de fiction et de séries télévisées. (*N.d.T.*)

— Je ne le manque jamais. Chaque semaine, Bauer sauve le monde.

— Envoie ce garçon à Omaha Beach, ça nous donnera une meilleure idée de ce dont il est capable, cria Stanley par-dessus son épaule.

— C'est gentil d'être venue me rendre visite la veille de mon anniversaire, me dit Carl. Et j'ai été très heureux de recevoir l'abonnement à *Harper's*. Merci beaucoup.

— Je t'en prie.

— La mort de ta mère a été un gros choc pour moi. Mais pour un couple de vieux types, on s'en sort pas mal, Stanley et moi. On s'entend bien.

— Ça ne te fait pas de peine de vendre la maison ?

— C'est sans doute un bon moment pour la mettre sur le marché, dit-il sans répondre à ma question. Tu as l'intention de repartir ce soir ?

— Le trajet n'est pas long.

— Je ne vais pas te le reprocher, après ce que Stan a fait l'autre fois. »

Stanley avait prêté au voisin son « matelas d'appoint » pour que la colley fasse ses petits ; ensuite il l'avait rapporté à la maison et l'avait reposé sur le sommier à ressorts de la chambre d'amis où j'avais passé la nuit, me demandant d'où venait l'étrange odeur qui planait dans la pièce.

« Je m'en suis remise, dis-je. C'était drôle.

— Stan peut s'imaginer que la vie se passe comme dans la série *I Love Lucy*, dit-il. Nous avons une charmante auberge à Lexington, tu sais. » Il s'était approché de la grande table du vestibule, où de nombreux daguerréotypes encadrés étaient exposés avec des coupes en argent et des pichets en cuivre. Les chaussures de Stanley étaient posées en haut du buffet, maculées de boue séchée et de feuilles.

« Stanley ! appela-t-il. On a trouvé tes chaussures ! »

Nous fîmes une promenade. Marchant sur le trottoir, nous gravîmes la pente raide qui continuait après l'église, avant d'emprunter une rue où habitait un de leurs amis. Stanley avait un livre pour lui. « Pour qu'il sache quoi faire avec du poisson au lieu de le frire. »

Carl et moi l'attendîmes tandis qu'il remontait l'allée pour le déposer dans un panier à l'extérieur de la porte d'entrée.

« Quand on arrive à nos âges, frapper à l'heure de la sieste serait carrément désagréable », dit-il.

Stanley traîna un peu derrière nous, sans doute dans le but de me laisser un moment seule avec Carl. « Peu avant la mort de ta mère, une de tes amies de New York nous a contactés. Joan ? Non, Jan. Elle a dit que Neil et toi aviez rompu avant le mariage, et qu'elle avait essayé de te dissuader de l'épouser, mais que vous aviez tous les deux décidé de vous marier et qu'elle n'avait rien pu faire.

— Jan a écrit à ma mère ?

— Elle a fourni des renseignements sur une vitamine ou un produit qui atténue les effets secondaires de la chimio. Je pense que ce n'était pas la première fois qu'elle écrivait.

— Elle ne m'a écrit qu'une seule fois pendant

toutes ces années. Je me demande pourquoi elle a fait une chose pareille ?

— J'en sais rien, mais ta mère a apprécié son geste.

— Tu penses beaucoup à elle ?

— Oh, je me rends bien compte que tout s'est passé pour le mieux.

— Tu veux dire que si elle devait mourir d'alcoolisme, il valait mieux qu'elle n'ait pas à subir une dialyse ? »

Il baissa la tête. Il répondit enfin : « Le médecin m'a dit que le foie était perdu, alors le choc n'a pas été si grand.

— Tu as bien pris soin d'elle.

— Elle aurait fait pareil.

— Mais elle ne l'a pas fait. Elle a toujours créé des situations qui t'obligeaient à t'occuper d'elle.

— Toi et ta mère vous n'aviez pas de très bons rapports. C'est souvent le cas de l'enfant, juste parce que l'autre est le parent. Mais elle a toujours été fière de toi. Toujours heureuse de ton succès. Elle n'a pas réussi à comprendre pourquoi tu avais épousé cet homme qui s'est enfui, mais ça ne nous regardait pas.

— Même s'il était resté, je ne crois pas que nous ayons été destinés à nous entendre tous.

— Et toi, comment vas-tu ? demanda Carl.

— Bien.

— Il a fait son service militaire ?

— Comment ? Non. Il ne l'a pas fait.

— Pourquoi donc ?

— Peut-être qu'il avait un problème médical.

— Peut-être ? Tu n'en sais rien ?

— Nous n'en avons jamais parlé.

— Et sa femme est tout bonnement allée au Mexique pour divorcer ?

— Après avoir obtenu une compensation financière conséquente.

— D'habitude je ne pose pas de questions directes, parce que je juge cela impoli, mais en voici juste une, par simple curiosité, en quoi consiste une compensation financière conséquente qui puisse choquer un vieux schnock comme moi ?

— Deux millions de dollars, leur appartement, et ses bijoux. Je suis sûre qu'elle aurait obtenu la voiture, mais il ne voyait pas l'intérêt d'en avoir une. »

Carl laissa échapper un long sifflement.

Nous atteignîmes un promontoire. À l'arrière d'une propriété, des urubus à tête rouge étaient perchés dans un arbre sans feuilles, faisant ployer les branches, s'envolant lorsque d'autres oiseaux affluaient dans le ciel pour se poser à leur place. Ils arrivaient en un flot continu, un nombre stupéfiant, et tournoyaient dans le ciel qui s'assombrissait.

« Putains d'urubus, s'exclama Stanley. Rien ne les arrête. Ils avaient élu domicile dans l'arbre qui se trouve près de l'église baptiste, mais le pasteur les guettait, visant Dieu avec sa carabine à air comprimé. Voici comment il présentait la chose : "Je parle à Dieu et je le supplie de les chasser. Je ne tire pas pour tuer, j'échange juste quelques mots avec Dieu." » Stanley sourit. « Cet arbre paraît sorti tout droit de l'enfer. Tu devrais le prendre en photo, le montrer aux gens, et leur dire que c'est à ça que ressemblent les arbres en enfer, pas de feuilles, pas de mousse espagnole qui retombe, pas de fleurs roses, des *vautours*.

— Non, expliquai-je. Ces oiseaux ne sont pas une espèce de vautour, comme on le croit couramment, ils descendent en réalité des cigognes et des ibis.

— Ibid ? dit Stanley.

— Ibis, répéta Carl d'une voix forte.

— Eh bien, c'est un soulagement : si c'était ibid, je me demanderais de quel livre il pourrait bien s'agir ! » s'exclama Stanley.

Nous passâmes devant le magasin d'antiquités. Trois cadets du Virginia Military Institute[1] descendaient la rue. L'un d'eux mangeait un cornet de glace.

« Ta mère était un peu jalouse que tu aies un pareil succès et que tu vives à New York, me confia Carl. Elle disait : "Tu crois que si son nom était en haut de l'affiche elle déciderait qu'elle en a assez fait et choisirait de se ranger, de mener une vie normale ?"

— Ma mère était alcoolique. Je pense qu'elle s'intéressait plus à l'alcool qu'au destin de sa fille.

— Désolé, je n'aurais pas dû te le répéter », répondit Carl.

Nous tournâmes à l'angle de la rue. Deux hommes venaient vers nous, l'un grand, très droit, en veste de sport, l'autre plus petit, les cheveux bruns.

« Bonsoir, Cy, cria Stanley derrière nous. Un tableau de Hieronymus Bosch t'attend au coin de la rue.

---

1. Il s'agit de la plus ancienne université militaire financée par des fonds publics aux États-Unis. (*N.d.T.*)

— Dans ce cas-là il vaut peut-être mieux rebrousser chemin et boire un cocktail », répliqua l'homme brun. Il parlait avec un fort accent italien.

« Bonsoir », dit Carl avec un signe de tête.

C'étaient les brefs échanges entre provinciaux qui se croisaient trop souvent pour se parler vraiment.

« Qu'est-ce que tu penses de ça, reprit-il : un personnage aussi célèbre que Cy Twombly, qui vit en Italie mais revient une partie de l'année dans sa ville natale, pour retrouver ses racines, je suppose. »

Stanley nous rattrapa. « Cy qui part faire sa promenade du soir, dit-il. Vous imaginez la scène, si Ricky Ricardo rentrait chez lui avec un des tableaux de Cy et essayait de l'accrocher au mur ? Qu'est-ce que Lucy en dirait ? »

Carl me lança un regard ; Stanley était obsédé.

« Ton mari, poursuivit Stanley. Carl et moi on s'est posé la question. Tu n'as jamais pensé qu'il aurait pu être pris en charge par le programme de protection des témoins ?

— Stan, protesta Carl.

— Quoi ? Combien de possibilités avons-nous ? Tu as une meilleure idée ?

— J'y ai songé, dis-je. Certains membres de sa famille étaient assez terrifiants. Des gens que j'ai rencontrés juste après notre mariage et que je n'ai jamais revus. Alors vous avez peut-être raison, Stanley. Ou bien il aurait pu être comme Gatsby, qui a fait beaucoup de chemin avant d'être abattu dans sa piscine.

— C'est ce qui est arrivé à Gatsby le Magnifique ?
Il est mort dans sa piscine ? »

J'acquiesçai.

« Qui lui a tiré dessus ? voulut savoir Stanley.

— Ce n'est pas tout à fait clair. Il était amoureux
de la femme d'un autre. En réalité, il s'appelait Jay
Gatz. Il avait certains liens avec des criminels.

— C'est impossible de connaître quelqu'un, déclara
Stanley. On ne peut jamais en savoir plus sur sa vie
que ce qu'on imagine en regardant sa photographie. »

Je ne possédais presque pas de portraits de Neil,
au cas où j'aurais eu envie de les examiner. Il avait
une aversion pour les appareils photo, levait la main
si on essayait de le photographier lui, ou même
le parc où il se trouvait. Bien sûr, j'avais tenté
de reconstituer son histoire, j'avais des documents
écrits, des informations (c'est ainsi que Neil aurait
prononcé ce mot) – qui, je finis par le comprendre,
tenaient de la désinformation. En lisant les carnets
de Neil, j'avais peu à peu saisi que leur contenu était
une pure fiction. Il avait inventé des formules pro-
fondes afin de paraître les glisser sans effort dans la
conversation. Il savait que je découvrirais ces carnets
– c'était pour cela qu'il avait si souvent écrit à quel
point je comptais pour lui. Il ne les avait même pas
cachés. Certain que je les trouverais dans le tiroir
de son bureau après son départ.

Un coup de vent avait refoulé ses cendres vers moi.
Les sketches comiques se délectaient de ce genre de
gag. Cela dégoûtait et enchantait les gens de penser
que ce genre de scène se produisait dans la vraie

vie : le vent soulevant les cendres des vagues pour les renvoyer dans la barque ; la petite touffe grise qui roulait comme une boule d'herbes sèches sous le talon du survivant. Le vent avait d'abord repoussé les cendres – pas même les siennes, bien sûr, les cendres imaginaires d'une personne imaginaire – à cet instant deux garçons avaient couru vers moi sur le sentier, l'un se rapprochant de l'autre, le heurtant par mégarde, les deux enfants projetés sur le sol en hurlant, celui du dessous avec le nez cassé, celui du dessus avec un pouce brisé. Leur père s'était précipité, troublé au début – voyant le sol ensanglanté, et moi penchée sur eux. Les gouttelettes de sang mouchetant la boîte Tiffany vide. Bien sûr il avait compris en une seconde que j'étais une simple passante. Comme Cora dans le Vermont, il s'était rendu compte que j'étais une promeneuse inoffensive qui transportait une boîte pour une raison quelconque.

« Peut-être que ce mari s'est métamorphosé en urubu, dit Stanley. Nous pourrions aller chercher les jumelles et examiner ces oiseaux dans l'arbre ?

— Je ne sais pas ce qui lui prend, dit Carl.

— Je t'entends, tu sais, répliqua Stanley, le visage enflammé, les cheveux luisants de sueur à cause de la marche. Je suis juste à côté de toi. »

La maison qui brûle
Arléa, 1990

Nouvelles du New Yorker
Bourgois, 2013

RÉALISATION : NORD COMPO À VILLENEUVE-D'ASCQ
IMPRESSION : CPI BRODARD ET TAUPIN À LA FLÈCHE
DÉPÔT LÉGAL : NOVEMBRE 2013. N° 111434 (3001981)
– *Imprimé en France* –

Éditions Points

le cercle

Le catalogue complet de nos collections est sur
Le Cercle Points, ainsi que des interviews de vos
auteurs préférés, des jeux-concours, des conseils
de lecture, des extraits en avant-première…

www.lecerclepoints.com